U0100895

i

imaginist

想象另一种可能

理
想
国
imaginist

木心全集

诗经演

木心

上海三联书店

图书在版编目（CIP）数据

诗经演 / 木心著 . —上海：上海三联书店，
2020.5（2020.10 重印）
（木心全集）

ISBN 978-7-5426-6946-9

Ⅰ.①诗… Ⅱ.①木… Ⅲ.①诗集－中国－当代
Ⅳ.① I227

中国版本图书馆 CIP 数据核字 (2019) 第 292632 号

诗经演

木心 著

责任编辑 / 殷亚平　张静乔
特约编辑 / 曹凌志　罗丹妮
装帧设计 / 陆智昌
制　　作 / 陈基胜　马志方
监　制 / 姚　军
责任校对 / 张大伟

出版发行 / 上海三联书店
　　　　（200030）上海市漕溪北路331号A座6楼
邮购电话 / 021-22895540
印　　刷 / 山东韵杰文化科技有限公司

版　　次 / 2020 年 5 月第 1 版
印　　次 / 2020 年 10 月第 2 次印刷
开　　本 / 787mm×1092mm　1/32
字　　数 / 90千字
图　　片 / 2幅
印　　张 / 10.5
书　　号 / ISBN 978-7-5426-6946-9/I・1593
定　　价 / 68.00元

如发现印装质量问题，影响阅读，请与印刷厂联系：0533-8510898

1990年 纽约

我徂北美怊怊十載我丰自車零雨共滂

我西向歸臉心東怨蛸蛸者蝎烝在桑野

敦彼獨宿亦在車下伊威在室蠨蛸在戶

不我畏也聊可懷也

丰心書九五之化於北美洲時維辛巳吉旦

诗经演

目 录

63	如英	82	恒骚
64	胡荽	83	匏有
65	乌镇	84	斯尤
66	怀里	85	天骄
67	载阳	86	三世
68	常棣	87	白鸟
69	三捷	88	俍人
70	斯恩	89	隰桑
71	无寄	90	嚣斯
72	昔我	91	何草
73	趢趢	92	如夷
74	三星	93	葛生
75	笃公	94	西门
76	中露	95	溱洧
77	不如	96	载蜇
78	蟋蟀	97	棼棼
79	鸥鹗	98	采薇
80	维愊	99	谓尔
81	彤管	100	椒聊

同袍[1]

与子同袍
与子同裳
与子同泽
与子偕作[2]
坎其击鼓
坎其击缶[3]
泌丘之道
无冬无夏兮[4]
子之汤兮
洵有情兮[5]
泌丘之上
泌丘之下
握椒婆娑
泌之洋洋[6]

1　见《秦风·无衣》等。

2　袍，长袍。《通释》："包于外而长者为袍，衣于内而短者而为泽。"裳(cháng)，下衣。泽，通"襗"，里衣。《集传》："以其亲肤，近于垢泽，故谓之泽。"偕，皆，一起。

3　坎，击鼓声。缶 (fǒu)，盆。《正义》："缶是瓦器，可以节乐，若今击瓯，又可盛水盛酒。"缶亦有以铜制者。

4　泌 (bì) 丘，丘下有水。无，不论。《集传》："言无时不出游而鼓舞于是也。"

5　汤，热汤，意为递上热汤面以暖身。一说通"荡"。《郑笺》："游荡无所不为。"洵，确实。

6　握，量词。椒，花椒。《正义》："椒之实芬香，故以相遗也。"婆娑，翩然起舞。洋洋，水流貌。

1

郁 林[1]

入彼郁林
言采其菜[2]
偕偕娈子
讳莫如深[3]
心事靡息
焱我肤膺[4]
溥天之下[5]
莫非乐土
嘉我未老
旅力富甫[6]
既房既皂
既坚既好[7]
湛乐津津
鞠育方苞[8]

1　见《小雅·北山》等。

2　郁，林木积聚之貌。言，句首语词。菜，香木。陆云《赠郑曼季诗》："馥矣回芳，绸缪中原。祁祁庶类，薄采其芬。栖迟泌丘，容与衡门。声播东汜，响溢南云。"

3　偕偕，强壮貌。娈，美好。讳莫如深，以其深重，则为之隐讳。《穀梁传·庄公三十二年》："讳莫如深，深则隐。苟有所见，莫如深也。"

4　靡，无。焱，火花，花焰。肤膺，服膺，心与肤互文。

5　溥，通"普"。

6　嘉，善也。《集传》："善我之未老而方壮，旅力可以经营四方耳。"旅，膂也。《通释》："膂、力一声之转，今人犹呼力为膂力。"富(fù)，满也。甫，大也。

7　既，已经。房，方也，《郑笺》："谓孚甲始生未合时也。"皂，《毛传》："实未坚者曰皂。"坚，其实坚也。《通释》："坚谓茎坚。"

8　湛(dān)乐，享乐。津津，充溢貌。鞠，养。方，房也。苞，茂盛。《大雅·行苇》："方苞方体，维叶泥泥。"

籊籊[1]

籊籊青竿[1]
以钓于淇[2]
岂不尔思
思亦疢之[3]
厥木苍苍
厥水洸洸[4]
水木清华
胜彼琳琅[5]
巧笑之瑳
佩玉之傩[6]
驾言同杯
泻乐忘忧[7]
淇兮淇兮
木之永济[8]

1 见《卫风·竹竿》等。

2 籊籊 (tì)，长而尖。《毛传》："长而杀 (纤小) 也。"淇，水名，源出河南林县，迳淇县西北入卫河。

3 不尔思，即不思尔。尔，你。疢 (chèn)，病。《小雅·小弁》："心之忧矣，疢如疾首。"

4 厥，其。苍苍，盛也。洸洸，深广貌。

5 水木清华，指物景秀美。谢混《游西池》："惠风荡繁囿，白云屯曾阿。景昃鸣禽集，水木湛清华。"琳琅，美玉。张衡《南都赋》："琢琱狎猎，金银琳琅。"

6 瑳 (cuō)，鲜白色。《集传》："笑而见齿，其色瑳然，犹所谓粲然皆笑也。"傩 (nuó)，袅娜。《毛传》："行有节度。"

7 驾，车套于马。言，语词，相当"而"。泻，消除。

8 永，水流长。《周南·汉广》："江之永矣，不可方思。"济，渡。《邶风·匏有苦叶》："匏有苦叶，济有深涉。"匏叶苦而渡处深。此处淇与木互文。

载芟[1]

载芟载柞[2]
其耕南泽
徂隰徂畛
侯强侯以[3]
驿驿其达
有喜其杰[4]
载获济济
有实其积[5]
有椒其并
有泌其辛[6]
胡考之宁
以续天禀[7]
胡臭亶时
簇此居歆[8]

1　见《周颂·载芟》等。

2　载芟（shān）载柞（zé），《毛传》："除草曰芟，除木曰柞。"载，乃，则。

3　徂（cú），往，去。隰（xí），新发田也。畛（zhěn），地畔之径路。侯，语词。强，强有力者。以，老弱者。

4　驿驿，通"绎绎"。《集传》："苗生貌。"达，生。《郑笺》："出地也。"杰，高出的禾苗。《郑笺》："先长者。"

5　载，从事于。获，收割庄稼。济济，众多。《传疏》："谓获之众，必依次而行，有均齐不绝之貌。"积，露天积聚谷物。

6　泌，泉水涓流貌。辛，辛苦。苏轼《浪淘沙》："东君用意不辞辛，料想春光先到处，吹绽梅英。"

7　胡考之宁，寿者之福也。《毛传》："胡，寿也，成也。"天禀，天赋，天性。《艺文类聚》："孝睦天禀，友爱冥深。"王安石《答孙少述书》："其天禀疏介，与时不相值，生平所得，数人而已。"

8　胡臭（xiù），谓芳臭之大。亶时，诚善也。胡臭亶时，浓郁香味实在太美了。居歆（xīn），安然享用。

南有[1]

南有栩木
葛藟蓊之[2]
乐只君子
福履由之[3]
南有栩木
葛藟缭之
乐只君子
福履将之[4]
南有栩木
葛藟萦之
乐只君子
福履成之[5]
栩木葱葱
葛藟芃芃[6]

1　见《周南·樛木》。

2　栩（xǔ），柞树。葛藟（lěi），两种蔓生植物。《郑笺》："葛也，藟也，得累而蔓之。"蓊，草木茂盛。范成大《马鞍驿饭罢纵步》："意行踏芳草，萧艾蓊生香。"

3　乐只，和美，快乐。只，语词。郑泽《短歌行》："香起增高华，双情堪乐只。"福履，福禄。《通释》："履与禄双声，故履得训禄。"由，依从。

4　缭，缠绕。《楚辞·九歌》："芷茸兮荷屋，缭之兮杜衡。"

5　萦，回旋缠绕。成，成就。

6　葱葱，草木青翠茂盛。黄庭坚《奉和文潜赠王咎》："庭柏郁葱葱，红榴罅多子。"芃芃（péng），草茂木盛。《毛传》："芃芃然方盛长。"

佼人[1]

月出佼兮

佼人僚兮[2]

舒窈纠兮

佼人懰兮[3]

舒懮受兮

佼人燎兮[4]

舒夭绍兮

悄兮慅兮[5]

劳心慅兮

佼人入怀[6]

惇子之无知

释之叟叟

懋子之无愳

烝之浮浮[7]

1 见《陈风 · 月出》。

2 佼（jiǎo），通“姣”，美好。僚（liǎo），同“嫽”，好貌。

3 舒，举止舒缓。窈纠，姿态柔和。懰（liú），美妙妖冶。

4 懮（yǒu）受，舒迟之貌。燎（liáo），同“嫽”，娇美而明耀。

5 夭绍，体态绰约。悄（qiǎo），忧愁之貌。慅（cǎo），焦虑之貌。

6 劳，深深扰动。慅（cǎo），忧郁。佼人，美人。

7 惇（dūn），敦厚。懋，勤勉。释之叟叟、烝之浮浮，言以水淘米嗖嗖有声，烧水蒸饭热气腾腾。

贝锦[1]

萋萋斐斐
成此贝锦[2]
彼媚子者[3]
惠我大甚
哆哆侈侈
成是南箕[4]
彼媚子者
逢合如饥[5]
缉缉翩翩
中心旨甘[6]
彼媚子者
嘤喝贪欢[7]
子兮子兮
耳属于垣[8]

1 见《小雅·巷伯》等。

2 萋 (qī)，同"萋"。萋萋斐斐，花纹错杂。《毛传》："萋斐，文章相错也。"贝锦，贝形花纹。《毛传》："贝锦，锦文也。"按：萋萋斐斐，叠字连文，字形有贝锦之纹美。

3 媚子，所亲爱之人。

4 哆 (chǐ)、侈 (chǐ)，皆张大之貌。南箕，南方的箕星座，四星成梯，状似簸箕。

5 逢合，逢迎

6 缉缉，通"咠咠" (qī)，附耳私语。《毛传》："口舌声。"翩翩，往来貌。旨甘，美味，甜美。《礼记·内则》："昧爽而朝，慈以旨甘。"潘岳《闲居赋》："堇荠甘旨，蓼荾芬芳。"

7 嘤喝，吆喝。

8 属 (zhǔ)，附着。垣 (yuán)，墙。《郑笺》："人将有属于垣而听之者。"

7

黄鸟 [1]

交　交　黄　鸟
止　于　棘
止　于　桑
止　于　楚 [2]
万　夫　之　特
既　庭　且　硕 [3]
彼　苍　者　天
惠　此　良　人
水　之　湄
水　之　涘
水　之　沚 [4]
良　人　栩　心 [5]
我　百　其　身
酾　此　良　人 [6]

1　见《秦风·黄鸟》等。

2　交交，通"咬咬"，鸟鸣。交交亦如雎鸠之关关，鸣雁之雝雝。棘，酸枣树。楚，牡荆，落叶灌木。

3　特，杰出。既庭且硕，言百谷既生，直生且硕大。庭，直也。

4　湄，水边。涘（sì），水边。沚（zhǐ），水中小陆地。

5　栩（xǔ），栎树。谢灵运《过白岸亭》："交交止栩黄，呦呦食苹鹿。"

6　我百其身，谓我百其身而享之，百，动词。酾（pú），聚饮。《秦风·黄鸟》："彼苍者天，歼我良人！如可赎兮，人百其身！"《毛传》："谓一身百死，犹为之惜。"此义取反。

子覆[1]

仓亦有阿
其货见儺[2]
昼见君子
晒作泛泛[3]
河亦有梁
其波洋洋
夕见君子
云何不畅[4]
楼亦有阁
衾裯如壑
祖裼君子
如云之覆[5]
中心潦矣
遗及谓矣[6]

1　见《小雅·隰桑》等。

2　有，助词。阿，屋檐。《古诗十九首》："交疏结绮窗，阿阁三重阶。"儺儺，盛貌。

3　晒，斜视貌。鲍溶《湘妃列女操》："目晒晒兮意蹉跎，魂腾腾兮惊秋波。"泛泛，漂浮貌。《小雅·采菽》："泛泛杨舟，绋纚维之。"

4　梁，桥也。云，语词。

5　衾裯（chóu），厚薄两种被子。《毛传》："衾，被也；裯，禅被也。"袒裼（tǎn xī），赤膊。覆，覆盖，遮蔽。王安石《禁直》："翠木交阴覆两檐，夜天如水碧恬恬。"

6　潦（lǎo），水流而聚。遗，何。谓，告。

七襄[1]

维南有箕
可以簸扬
维北有斗
可挹酒浆[2]
维南有箕
载翕其舌
维北有斗
载柄揭揭[3]
或仰其酒
或偃其浆[4]
鞙鞙其璲[5]
不以其长
跂彼牛郎
终夕七襄[6]

1 见《小雅·大东》等。

2 维南四句，言箕星在南而斗在北也。簸扬，扬米去糠。挹（yì），酌也。

3 载翕（xī）其舌，箕星口大底小，状如张口吸舌。翕，引。《传疏》："引舌内乡似箕形。"载柄揭揭，北斗星之柄高举。揭，高举。

4 偃，同"仰"。

5 鞙鞙（xuàn），佩玉的样子。《集传》："长貌。"璲（suì），瑞玉。不以其长，佩玉长垂而无以佩。

6 跂（qí），分歧。《通释》："织女三星成三角，故言支（跂）以状之耳。"襄，移动位置。《郑笺》："襄，驾也。驾，谓更其肆也。从旦至莫七辰，辰一移，因谓之七襄。"跂彼二句，言牛郎星历七时辰复见于昏。

覃耜[1]

以　我　覃　耜
俶　子　南　亩
播　厥　百　谷[2]
其　镈　斯　赵
薅　载　荼　蓼[3]
荼　蓼　朽　止
黍　稷　茂　止[4]
厥　闻　挃　挃
厥　眺　栗　栗[5]
心　开　百　室
百　室　盈　止
日　夕　宁　止[6]
犉　牡　相　逐
湛　乐　捄　角[7]

1　见《周颂·良耜》。

2　覃，通"剡"，利也。耜（sì），似锹的农具。俶（chù），始，以耜入地起土。

3　镈（bó），田器，锄类除草用具。赵，锋利。薅（hāo），锄草。荼蓼（tú liǎo），两杂草名。

4　朽，腐朽。止，语词。

5　挃挃（zhì），获声。栗栗，积之密也。

6　盈，满。宁，安也。

7　犉（rún），黄牛黑唇。《尔雅》："牛七尺为犉。"牡，公牛。湛乐，享乐。捄（qiú），长而弯曲，又作觩。《郑笺》："捄，角貌。"

玉尔[1]

尔亦劳止，
泛可小康。[2]
羁此中国，
引领西方。[3]
无纵诡随，
以谨无良。[4]
柔远能迩，[5]
且定一方。
尔虽小子，
而式宏轩。[6]
无纵诡随，
以谨牵卷。[7]
维我玉尔，
是用大谏。[8]

1 见《大雅·民劳》。

2 尔，你。劳，苦。泛，庶几。小康，稍安。白居易《老病相仍以诗自解》："昨因风发甘长往，今遇阳和又小康。"

3 羁，（以绳）束缚。贾谊《吊屈原赋》："使骐骥可得系而羁兮，岂云异夫犬羊？"司马迁《报任安书》："仆少负不羁之才，长无乡曲之誉。"引领，伸颈远望而期盼。《左传》："我君景公引领西望曰：'庶抚我乎！'"《聊斋志异》："结想为梦，引领成劳。"

4 纵，通"从"，听从。诡随，谲诈之人。《毛传》："诡人之善，随人之恶者也。"谨，慎也。良，善也。

5 柔，安也。远，远方之民。迩，近处之人。《传疏》："远谓四方，迩谓中国。"

6 式，作用，得以。

7 牵卷，缱绻。《毛传》："反复也。"

8 维，正因为。玉，宝爱。玉尔，以你为宝物。是用，因此。大谏，力谏。

12

苌楚[1]

隰有苌楚[2]

猗傩其枝[3]

夭之沃沃

乐我无知[4]

隰有苌楚

猗傩其华

夭之沃沃

乐我无家

隰有苌楚

猗傩其实

夭之沃沃

乐我无室

无家无室

乐我有子

1 见《桧风·隰有苌楚》。

2 《卫风·氓》:"淇则有岸,隰则有泮。"《传疏》:"隰者下湿有阪,犹淇水之有岸也。"苌楚,羊桃,叶长而狭,华紫赤色,其枝茎弱,过一尺引蔓于草上。

3 猗傩(e nuó),华实美盛,枝条柔顺。

4 夭,草木之方长未成者。沃沃,肥美。《集传》:"光泽貌。"知,配偶。《通释》:"《笺》训知为匹,与下章'无室''无家'同义。"

忞忞[1]

忞忞乐弁
夙夜必偕 [2]

忞忞乐弟
夙夜无寐

忞忞乐子
夙夜不已

沃桑交枝 [3]
嘉禾双穗
颠之倒之
乐不可支

载戛载透
载轹载捺 [4]
上慎旃哉
唭嶷毋弹 [5]

1 见《魏风·陟岵》。

2 忞忞（wěn），茫昧不明，心所不了。沈辽《谕客辞》："若人者，是谓不能混于滑滑而能委于忞忞者乎？"弁，童子成人加冠。偕，力行不倦。《集传》："必偕，言与其侪同作同止。"

3 沃桑，《卫风·氓》："桑亡未落，其叶沃若。"《集传》："沃苦，润泽貌。"

4 戛（jiá），践踏。透，达到充分。轹（lì），滚压。捺，以手重按。

5 上慎旃哉，乞求你要谨慎啊！旃（zhān），代词之。上，通"尚"，乞求。唭嶷（qì yì），有声无辞，呢喃，吞吐。弹（duǒ），下垂。洪昇《长生殿·惊变》："软咍咍柳弹花欹，困腾腾莺娇燕懒。"

柔至 [1]

淇 则 有 岸
隩 则 有 泮 [2]
与 尔 偕 老
琼 琚 在 抱 [3]
云 油 雨 霈
于 斯 之 时 [4]
进 退 维 谷
惟 隈 惟 壑 [5]
惟 追 惟 琢
惟 熨 惟 笃 [6]
身 之 赴 托
颠 眴 翻 覆 [7]
情 之 柔 至
烬 垺 煨 粥 [8]

1 见《卫风·氓》等。

2 淇与隩互文，《郑笺》："淇与隩皆有崖岸以自拱持。"

3 琼，玉之美者。琚，佩玉名。

4 油，兴盛貌。霈，充沛貌。《孟子·梁惠王上》："天油然作云，沛然下雨，则苗浡然兴之矣。"李白《明堂赋》："于斯之时，云油霈霈，恩鸿溶兮泽汪泞，四海归兮八荒会。"

5 隈（wēi），曲深隐蔽之处。《庄子·徐无鬼》："奎蹄曲隈，乳间股脚，自以为安室利处。"壑，山谷。王维《桃源行》："自谓经过旧不迷，安知峰壑今来变。"

6 《大雅·棫朴》："追琢其章，金玉其相。"《毛传》："追，彫（雕）也。金曰彫，玉曰琢，相质也。"熨，紧贴。笃，深厚。《世说新语》："与妇至笃……以身慰之。"

7 赴，投入。《楚辞·渔父》："宁赴湘流，葬于江鱼之腹中。"托，寄托。《楚辞·招魂》："魂兮归来，东方不可以托些。"颠眴（xuàn），颠顿昏花。王安石《梦黄吉甫》："山林老颠眴，数日占黄壤。"翻覆，反复变化。陆机《君子行》："休咎相乘蹑，翻覆若波澜。"

8 烬，燃烧之馀物。辛弃疾《鹧鸪天》："炉烬冷，鼎香氛。"垺（pēi），制陶器的模型。煨，文火加热。

康明[1]

嗟嗟良子
知尔待兹[2]
奄厘尔成
来咨来茹[3]
嗟嗟娈子
春王正月[4]
亦有何求
昔俶沃畬[5]
于皇来牟
将受厥明
迄用康年[6]
嗟嗟殷子
庤乃钱铚
奄观康明[7]

1 见《周颂·臣工》。

2 嗟嗟，叹声。《郑笺》："重言嗟嗟，美叹之深。"良子，善贤之人。《左传·昭公二十年》："司马以吾故，亡其良子。"兹（zī），代词，此。

3 奄，忽而。厘，通"理"，治理。成，成就，治绩。来，语词。咨，询问。茹，谋划。

4 娈子，美好之士。春王，正月也。

5 俶，经营。畬（yú），熟田，已耕三年之田。

6 来，小麦。牟，大麦也。明，上帝之明赐（收成）也。迄，至。用，以。康年，丰年。

7 殷，富裕。《旧唐书》："岁稔时和，人殷俗阜。"庤（zhì），准备。钱（jiǎn），翻土的农具，铁铲长柄。古以之为交易，仿其形状铸为货币。铚（zhì），收割的镰刀。奄，不久。

繁霜[1]

正月繁霜[2]
我心忧伤
侯薪侯蒸[3]
国之殆亡
今兹之政
胡然厉矣[4]
满目阘茸[5]
朝野鞠讻[6]
佌佌有屋
蔽蔽有禄[6]
哿矣骃侩
国之殆戮[7]
何日挽予
脱此辐毂[8]

1 见《小雅·正月》。

2 繁霜,多霜。正月,正阳之月。《毛传》:"夏(历)之四月。"四月繁霜乃为反常。

3 侯,仅仅。薪,粗枝。蒸,细柴。《郑笺》:"林中大木之处而维有薪蒸尔,喻朝廷宜有贤者而但聚小人。"

4 胡然,为何如此。

5 阘茸(tà rǒng),庸碌低劣。韩愈等《会合联句》:"休跡忆沈冥,峩冠惭阘茸。"鞠讻(jū xiōng),《小雅·节南山》:"昊天不傭,降此鞠讻。"《集传》:"鞠讻,穷极之乱。"

6 佌佌,小也。蔽蔽,陋也。

7 哿(gě),快乐。《小雅·雨无正》:"哿矣能言,巧言如流。"骃(zǔ)侩,说合牲畜交易的人,后指市侩。刘昼《新论》:"故若物无所以困,良马劳于骃阘(侩),美材朽于幽谷。"殆(dài),恐将。

8 辐毂,轮中为毂,辐辏其外。《文心雕龙》:"并驾齐驱,而一毂统辐。"

17

肃肃¹

肃肃鸨羽
集于茂梓²
世事靡盬
艺不得极³
骐子何怙
曷其有所⁴

肃肃鸨羽
集于茂桑
生事靡盬
为谋稻粱
骐子何尝
曷其有常⁵
亘太平洋⁶
在天一方

1 见《唐风·鸨羽》。

2 肃肃，羽声。梓，落叶乔木。《小雅·小弁》："维桑与梓，必恭敬止。"鸨（bǎo），鸟名，似雁而大。

3 靡，无。盬（gǔ），息。艺，种植。极，竭尽。《礼记·大学》："是故君子无所不用其极。"

4 骐（qí），骏马色之青黑斑纹者。《晋书》："吾远求骐骥，不知近在东邻，何识子之晚也。"怙（hù），依靠。曷，何。

5 尝，食，吃。常，正常。《集传》："复其常也。"

6 亘（gèn），绵延，贯穿。梁启超《太平洋遇雨》："一雨纵横亘二洲，浪淘天地入东流。却馀人物淘难尽，又挟风雷作远游。"亘又通"恒"，指月上弦之貌。《小雅·天保》："如月之恒，如日之升。"《毛传》："弦升出也，言俱进也。"

有摽[1]

泛彼柏舟
亦泛其流 [2]
耿耿不寐
不载董忧 [3]
匪我无酒
不思遨游 [4]
我心匪鉴
我心匪石
我心匪席
不可选也 [5]
日居月诸
胡迭而微 [6]
静言思之
寤辟有摽 [7]

1　见《邶风·柏舟》。

2　泛（前），浮游不定貌。泛（后），浮行水上。

3　耿耿，心烦耳热。董，深藏。

4　匪，通"非"。遨游，嬉游。《后汉书·张衡传》："虽遨游以偷乐兮，岂愁慕之可怀。"

5　鉴，镜。《诗缉》："鉴虽明，而不择妍丑，皆纳其影。我心有知善恶，善则从之，恶则拒之，不能混杂。"《毛传》："石虽坚，尚可转；席虽平，尚可卷。"选，计算。《集传》："威仪无一不善，又不可得而简择取舍。"

6　居，诸，语尾助词。迭，更迭。微，亏伤也。

7　寤，苏醒。辟，拊心。摽（biào），击打。《集疏》："审思此事，寐觉之时，以手拊心，至于撪击之也。"

祁祁[1]

有渰萋萋，
兴雨祁祁。[2]
雨我心田，
遂及我私。
不获有稚，
不敛有穧。[3]
遗秉滞穗，[4]
皆我之利。
失之东隅，
收之桑榆。[5]
属之于毛，
罹之于里。[6]
天之生我，
天之生尔。

1　见《小雅·大田》等。

2　渰（yǎn），云兴貌。萋萋（qī），云行貌。祁祁，舒也。《集传》："云欲盛，盛则多雨。雨欲徐，徐则入土（田）。"

3　稚，晚熟的谷类。穧（jì），已割未收的禾把。

4　遗秉，遗弃的禾把。滞穗，滞漏的禾穗。

5　东隅，日出东方。桑榆，日落光照桑榆树端。《后汉书·冯异传》："始虽垂翅回谿，终能奋翼黾池，可谓失之东隅，收之桑榆。"

6　属（zhǔ），附着。罹（lì），附丽。《经义述闻》："毛在外，理（里）在内，相对为文……若著于毛然，若附于其理然。"

弄椒[1]

有饛簋飧
有捄棘匕[2]
情积如砥
情来如矢[3]
眷言顾往
忻焉出涕[4]
凡夫不人
我子独贤
歆子武敏
言笑晏晏[5]
榖旦榖道
视尔如莜[6]
越以鬷迈
睇我弄椒[7]

1 见《小雅·大东》等。

2 有，语词。饛（méng），满簋貌。簋（guǐ），陶或青铜食器，圆口圈足有耳。飧（sūn），熟食，谓黍稷也。捄（qiú），长而曲。棘匕，酸枣木制匕。《集传》："以棘为匕，所以载鼎肉而升之于俎也。"

3 积，蕴蓄。《旧唐书·令狐彰传》："刚直形外，纯和积中。"砥，质粗为砺，细者为砥，其为柔石，言缜密也。情来如矢，陶潜《归去来兮辞》："情在骏奔，自免去职。"

4 眷言，顾念之深，回视而返。《梁书·武帝纪》："眷言瞻乌，痛心在目。"忻，喜悦。嵇康《声无哀乐论》："夫会宾盈堂，洒酣奏琴，或忻然而欢，或惨尔而泣。"

5 歆，欣也。《郑笺》："履其拇趾之处，心体歆歆然。"武敏，足迹的拇指印。晏晏，和柔。

6 榖旦，良辰。榖道，善理。莜（qiáo），锦葵，花红色。

7 鬷（zōng）迈，男女聚会合行。睇（chí），直视。《楚辞·思美人》："思美人兮，揽涕而伫眙。"

谷风[1]

习习谷风
以阴以雨[2]
黾勉同心
无洸无溃[3]
采葑采菲
其赘下体[4]
德音不违
及尔同至[5]
五载荼苦
其甘如荠[6]
沾弟沾兄
叩兄叩弟[7]
渭以泾浊
湜湜乃沚[8]

1 见《邶风·谷风》。

2 习习，和舒貌。谷风，山谷之风。以阴以雨，时阴时雨。

3 黾（mǐn）勉，勤勉。《毛传》："言黾勉者，思与君子同心也。"洸，水激涌而有光。溃，水溃决而四出。洸溃皆以水势举似怒貌。

4 葑菲，二菜乃蔓菁萝卜一类，茎下体肥大宜食。赘，以……为礼物。

5 德音，善言，美好的誓言。及尔，与你一起。

6 荼，苦菜，味苦。荠，荠菜，味甜。

7 沾，浸润，黏附。阮籍《咏怀》："清露被皋兰，凝霜沾野草。"叩，敲击，诚恳探询。《礼记》："叩之以小者则小鸣，叩之以大者则大鸣。"

8 渭以泾浊，渭水因泾水而混浊，喻人品之优劣，是非之真伪。《文心雕龙》："若择源于泾渭之流，按辔于邪正之路，亦可以驭文采矣。"湜湜（shì），水清见底。沚，通"止"。

采唐 [1]

采　唐　沫　乡
采　麦　沫　北
采　葑　沫　东 [2]
云　谁　之　思
非　姜　非　庸 [3]
云　谁　之　期
美　稽　家　子
稽　子　郁　郁 [4]
跂　我　乎　桑　壅
沐　我　乎　上　宫 [5]
醍　醐　迎　逢
猗　傩　薰　风 [6]
送　我　乎　淇　之　上
送　我　乎　淇　之　中

1　见《鄘风·桑中》。

2　唐，蒙菜。沫 (mèi)，地名，卫之下邑。

3　谁之思，思谁。姜、庸，姓也。

4　稽 (jī)，姓也。郁郁，仪态端庄盛美貌。《史记·五帝本纪》："其色郁郁，其德嶷嶷。"

5　跂，通"企"，踮起脚跟望远。壅，叶片堆积。沐，洗发。上宫，宫墙角楼。

6　醍醐，玉篇谓红色酒，说文谓酪之精者。《大般涅槃经》："譬如从牛出乳，从乳出酪，从酪出生酥，从生酥出熟酥，从熟酥出醍醐。醍醐最上。"薰风，初夏和暖的东南风。白居易《首夏南池独酌》："薰风自南至，吹我池上林。"

有裳 [1]

有裳有车
弗娄弗驱
期子是愉 [2]

有廷有鼓
弗扫弗考
期子是葆 [3]

桃之夭夭
灼灼其华
葑菲郁勃
宜其下体 [4]

宴尔重欢
如兄如弟
获之在今
莳之在昔 [5]

1　见《唐风·山有枢》等。

2　娄，通"搂"(lǒu)，拉拉，指穿衣。是，语词，以确指行为的对象。愉，享乐。

3　廷，堂前平地。考，击。葆，通"保"，占居。

4　郁勃，茂盛。应玚《杨柳赋》："摅丰节而广布，纷郁勃以敷阳。"下体，葑菲之茎。

5　宴尔，燕尔，喻新婚。莳，载种。柳宗元《种树郭橐驼传》："其莳也若子，其置也若弃，则其天者全而其性得矣。"

将谑 [1]

子 之 旋 兮

忛 突 如 豣

揖 我 谓 儇 [2]

子 之 茂 兮

忛 骋 如 犅

揖 我 谓 臧 [3]

子 之 昌 兮

忛 驰 如 羧

揖 我 谓 兓 [4]

旋 兮 茂 兮

子 昌 昌 兮

儇 兮 臧 兮

我 兓 兓 兮

将 谑 无 致 [5]

1 见《齐风·还》。

2 旋，同"还"，便捷貌。忛(wù)，逆也。突，急冲。豣(jiān)，大兽。揖，拱手行礼。儇(xuān)，便捷。《集传》:"猎者交错于道路，且以便捷轻利相称誉。"

3 茂，美好貌。犅(gāng)，赤脊公牛。臧，善也。

4 昌，盛壮貌。羧(jùn)，狡兔。兓，盛也。

5 无致，不厌弃。

焕焕[1]

兔爰爰
雉焕焕[2]
初之逢
心尚董
耽之中
心如蓬[3]
尔仪丰
尔止怂
尔礼雍[4]
尔卜尔筮
吉言抚绥
不竞不绿[5]
玉粲锦耀[6]
期之在后

1　见《王风·兔爰》等。

2　爰爰（yuán），犹"缓缓"。雉，野鸡。焕焕，光亮显赫貌。

3　董，固，深藏。蓬，草名，其华似柳絮，聚而飞。

4　止，容止。怂，恭敬。雍，和谐。

5　卜筮，预测吉凶，龟甲称卜，蓍草曰筮。抚绥，安抚。竞，争竞。绿，急躁。

6　玉粲，晶莹如玉。杨修《神女赋》："华面玉粲，铧若芙蓉。"耀，同"耀"。

西门 [1]

西门之墠
茹芦在阪 [2]
其室则人
其心我纂 [3]
西门之栗
有践家室 [4]
岂不尔怨
远而致之
趋趋车来 [5]
吉日良辰
尔身如磬
扣之扬清 [6]
尔言挺挺
我受扃扃 [7]

1 见《郑风·东门之墠》等。

2 墠（shàn），为供祭祀而清除的场地。茹芦，染绛用草。阪，山坡。

3 则，就。纂，猎取。《法言·问明》："鸣飞冥冥，弋人（射猎之人）何纂也。"吴蔚光《齐天乐·雁》："阵阵行行，高空犹恐弋人纂。"

4 栗，栗树。践，浅陋。

5 趋趋（cù），急匆匆的样子。《礼记·祭义》："其行也趋趋以数。"

6 扬清，称扬美德。司空图《成均讽》："变唯尚质，贵在扬清，动以敷愉，绰之仁义。"《荀子·法行》："扣之，其声清扬而远闻。"

7 挺挺，正直也。扃扃（jiǒng），明察貌。《左传·襄公五年》："《诗》曰：'周道挺挺，我心扃扃。'"

彼黍[1]

彼黍离离
彼稷之苗[2]
行迈骎骎
采烈兴高[3]
悠悠者苍
贶此英髦[4]
彼黍离离
彼稷双穗
眈眈穆穆[5]
君子之醉
苍者悠悠
百废俱酬
望国在远
扣心在周[6]

1　见《王风·黍离》等。

2　黍与稷类同,粘者为黍可酿酒,不粘者为稷可做饭。离离,行列茂密。《通释》:"稷以春种,黍以夏种,而《诗》言黍离离,稷尚苗者,稷种在黍先,而秀在黍后故也。"

3　迈,远行。骎骎(qīn),马行疾也。采,情绪。

4　悠悠者苍,《毛传》:"悠悠,远意。远视之苍苍然,则称苍天。"贶(kuàng),赐予。《小雅·彤弓》:"我有嘉宾,中心贶之。"兄,滋也,益也,俗字加贝作贶。髦,俊也。

5　眈眈,和乐貌。穆穆,诚敬貌。《汉书·司马相如传》:"眈眈穆穆,君子之态。"

6　酬,实现。李频《春日思归》:"壮志未酬三尺剑,故乡空隔万重山。"扣心,捶胸。《南齐书·张敬儿传》:"华夷扣心,行路泣血。"

负暄[1]

苕之华
芸其黄[2]
心之倡
发其爽[3]
苕之华
叶青青[4]
馈我子
馨此生[5]
偃仰乐
饮之湛[6]
负暄挼摩
将娱晚晴[7]
撢掞挺挏
攸奴攸君[8]

1 见《小雅·苕之华》。

2 苕，又名紫薇，蔓生。《郑笺》："苕之华紫，赤而繁。"芸，茂盛貌。《经义述闻》："芸其黄矣，言其盛，非言其衰。"

3 倡，发歌。发，抒。

4 青青，盛貌。《毛传》："华落，叶青青然。"

5 馈(nuǎn)，设宴于喜事前后也。

6 偃仰，俯仰。《后汉书·李固传》："搔头弄姿，槃旋偃仰，从容冶步，曾无惨怛伤悴之心。"湛(dān)，乐。《小雅·北山》："或湛乐饮酒。"

7 负暄，冬日受晒取暖。挼(suī)摩，搓揉。杨万里《冻蝇》："隔窗偶见负暄蝇，双脚挼挲弄晚晴。"

8 撢掞(tàn shàn)，求取便利。挺挏(dòng)，上下推动。《淮南子·俶真训》："夫挟依于跂跃之术，提挈人间之际，撢掞挺挏世之风俗，以摸苏牵连物之微妙。"攸，乃。

粲者[1]

彼佼人兮

扬戈执祋[2]

彼其之体

不施赤苄[3]

维鹈在梁

共濡其翼[4]

共濡其味

厥遂其沟[5]

荟兮蔚兮

南山朝隮[6]

婉兮娈兮

斯苛斯哉[7]

今夕何夕

溽此粲者[8]

1　见《曹风·候人》等。

2　祋（duì），殳也，丈二有棱无刃的兵器。

3　彼其（jì），那。苄，通"韨"（fù），冕服之饰物，熟皮缝腰际以遮膝，称蔽膝，赤苄佩大夫以上。

4　鹈，鹈鹕，羽多色白，喙长尺余，口中正赤，颔下有囊。梁，堵水捕鱼之堰。范成大《卢沟》："草草鱼梁枕水低，匆匆小驻濯涟漪。"濡，浸湿。

5　味（zhòu），喙也。沟，同"媾"。

6　荟、蔚，云兴貌。荟蔚双声，以草木繁茂引申为云盛不定。朝隮，清晨云气升腾。

7　婉、娈，年少而美好。陈维崧《调笑令》："宛转，羞相见，月白风清人婉娈。"苛（liáo），脂肪。哉（zī），大块的肉。

8　溽，味道浓厚，滋味恣意，言欲也。《礼记·儒行》："其饮食不溽。"粲者，美子，亦指美好事物。

子湑[1]

鸟鸣嘤嘤
出自幽谷
迁于乔木
嘤其鸣矣[2]
求其友声
相彼鸟矣
犹求友声
矧伊人矣[3]
不求友声
坎坎鼓我
蹲蹲舞我[4]
适矣暇矣
饮子湑矣
终和且平[5]

1 见《小雅·伐木》。

2 嘤鸣，喻朋友同气相求。刘峻《广绝交论》："嘤鸣相召。"

3 矧 (shěn)，何况。友声，朋友的声音。王安石《示德逢》："有鸣仓庚，岂曰不时？求其友声，颉之颃之。嗟我怀人，何日忘之。"赵翼《题三寿图》："娱老求友声，岂如家庭内。"

4 坎坎，鼓声。蹲蹲 (cún)，舞貌。

5 适矣暇矣，安逸闲适。《集传》："故我与朋友，不计有无，但及闲暇，则饮酒以相乐也。"湑，酒滤去滓。终，既。

伐木 [1]

伐木许许
酾酒有芎 [2]
既有壮羜
以速子都 [3]
于粲洒扫
陈馈八簋 [4]
既有壮牡
以速子充 [5]
宁适不来
微我弗顾 [6]
微我有咎
宁适不来
之子来兮
蓬荜生辉 [7]

1 见《小雅·伐木》等。

2 许许 (hǔ)，锯木之声。酾 (shī)，滤酒。芎 (xù)，美好的样子。

3 羜 (zhù)，未成年羊。速，宴请。子都，世之美好者。吴均《咏少年》："董生唯巧笑，子都信美目。"

4 于，能"吁"，表赞叹。粲，光明，洁净。陈，摆。馈，食物。簋 (guǐ)，食器，圆口圈足两耳，方座或有盖，青铜或陶制。

5 子充犹言子都，皆为良人。

6 宁 (nìng)，竟然。适，凑巧。微，不是。

7 蓬荜，蓬门荜户。葛洪《抱朴子》："藜藿有八珍之甘，而蓬荜有藻棁 (彩柱) 之乐也。"

棘心[1]

凯风自南
吹彼棘心[2]
棘心夭夭
思子为劳[3]
凯风自南
吹彼棘心
十载圣善
获此令人[4]
爰有寒泉
在浚之露[5]
睍睆黄鸟
则好其音[6]
凯风自南
思子为醒[7]

1 见《邶风·凯风》等。

2 凯风自南，南风长养万物而喜乐，故曰凯风。棘心，酸枣木萌芽。陆云《岁暮赋》："变棘心之柔风兮，滋丰草之湛露。"

3 夭夭，盛貌。《周南·桃夭》："桃之夭夭，灼灼其华。"孔尚任《桃花扇》："补衬些翠枝青叶，分外夭夭。"劳，苦。

4 圣善，通于事理而有美德者。孙华《张母陈太孺人贞节》："痛念圣善母，平生少欢愉。"令，善也。

5 爰，何处。寒泉，喻人子敬慰其母。谢朓《齐敬皇后哀策文》："思寒泉之罔极兮，托彤管于遗咏。"浚（jùn），卫之城邑。露（yīn），云覆日也。《楚辞·九辩》："忠昭昭而愿见兮，然露曀而莫达。"

6 睍睆（xiàn huàn），清和圆转。梅尧臣《寄题杨敏叔》："花草发琐细，禽鸣啼睍睆。"朱鼎《玉镜台记》："东风帘幌轻翻，柳外啼莺声睍睆。"

7 醒，酒醉而神昏。陆游《柳林酒家小楼》："微倦放教成午梦，宿醒留得伴春愁。"

污浣[1]

维叶萋萋
黄鸟于飞[2]
集于灌木
其鸣喈喈[3]
葛之覃兮
施于中谷[4]
子之来兮
是刈是濩[5]
絺绤随之
服之无斁[6]
薄污我私
薄浣我衣[7]
瞰子污浣
我心如饴[8]

1 见《周南·葛覃》。

2 萋萋，茂盛貌。于飞，飞翔。

3 喈喈(jiē)，鸟和鸣。《毛传》："和声之远闻也。"

4 葛，木质蔓生植物，茎维织葛衣、葛履。《周礼》有掌葛之职。《楚辞·山鬼》："采三秀兮山间，石磊磊兮葛蔓蔓。"覃，蔓延、延及。中谷，谷中也。

5 是，助词，表示两个动作并列。刈(yì)，割取。濩(huò)，煮。

6 絺绤(chī xì)，两种葛布，精曰絺，粗曰绤。斁(yì)，厌也。

7 薄，语词。污，动词，洗去污垢。私，内衣。浣，洗濯。

8 瞰，窥视。饴，糖。韩愈《芍药歌》："一罇春酒甘若饴，丈人此乐无人知。"

执手[1]

击鼓其镗
踊跃其用[2]
不我以归
忧思忡忡[3]
爰居爰处
爰丧其车[4]
于以翼之
于海之西[5]
死生契阔
与子成结[6]
执子之手
与子偕老[7]
于嗟夐夐
于嗟洵洵[8]

1 见《邶风·击鼓》。

2 镗(tāng),鼓声。用,操练(兵器)。《毛传》："镗然,使众皆踊跃用兵也。"

3 不我以归,言不与我而归也。忡忡(chōng),不安,心跳动貌。《召南·草虫》"未见君子,忧心忡忡"。

4 爰居两句,《郑笺》:"爰,于也。不还谓死也,伤也,病也。今于何居乎?于何处乎?"于何丧其车乎?丧,失去。

5 于以,在何处。翼之,覆蔽。《大雅·生民》:"诞寘之寒冰,鸟覆翼之。"《左传·哀公十六年》:"腾如卵,余长而翼之。"

6 死生两句,《通释》:"契阔与死生相对成文,犹云合离聚散耳。"《后笺》:"言死生相与约结,不相离弃也。"《曹风·鸤鸠》:"其仪一兮,心如结兮。"《集传》:"如结,如物之固结而不散也。"

7 执手,《郑风·遵大路》:"遵大路兮,掺执子之手兮。"《郑笺》:"言执手者,思望之甚也。"吴伟业《别维夏》:"正逢漉酒登高会,执手西风叹落晖。"偕,一起。

8 于(xū)嗟,叹词。夐夐(xiòng),孤单貌。钱惟演《春雪赋》:"有卉夐夐,有鸣嘤嘤。"洵洵,幽远貌。王安石《忆金陵》:"想见旧时游历处,烟云洵洵水茫茫。"

绿衣[1]

绿 兮 衣 兮
绿 衣 黄 里[2]
心 之 阅 兮
曷 维 其 已[3]

绿 兮 衣 兮
绿 衣 黄 裳
心 之 阅 兮
曷 维 其 忘

我 思 良 人
俾 无 讹 兮[4]

绨 兮 绤 兮

清 其 以 风[5]
我 思 良 人
实 维 我 仪[6]

1 见《邶风·绿衣》等。

2 衣，外衣。里，内衣。《诗经辨义》指玉米秆叶为绿，苞谷为黄。《诗序》《诗集传》以黄绿喻妻妾，后睹物写人以悼亡，此处拥其色而思良人也。

3 阅，悦。曷，为何。维，其。已，终止。

4 良人，美善之人。《唐风·绸缪》："今夕何夕，见此良人。"《庄子·田子方》："昔者寡人梦见良人。"俾（bǐ）无讹（yóu）兮，使避免了失误。《毛传》："俾，使。讹，过也。"

5 绨兮绤兮，《周南·葛覃》："为绨为绤，服之无斁。"清其以风，张衡《东京赋》："清风协于玄德，淳化通于自然。"《文心雕龙》："标序盛德，必见清风之华。"

6 仪，匹也。

36

衡门 [1]

衡门之下
不可栖迟 [2]
泌之汤汤
不可乐饥 [3]
厥其食鱼
必河之鲂 [4]
厥其同心
必南之奘 [5]
厥其食鱼
必河之鲤
厥其纠体
必稽之子 [6]
昏以为期
明星晢晢 [7]

1　见《陈风·衡门》等。

2　衡门，《毛传》："横木为门，言浅陋也。"指住处简陋也。栖迟，休息。《毛传》："栖迟，游息也。"

3　汤汤（shāng），水盛貌。《卫风·氓》："淇水汤汤，渐车帷裳。"乐，通"疗"。饥，渴也。乐饥，渴慕性爱如朝饥思食。

4　河，黄河。鲂，即昌鱼，广而薄，肥恬少力，细鳞味美。

5　奘，高大。《方言》："秦晋之间，凡人之大谓之奘，或谓之壮。"

6　纠，绞合。《楚辞·招隐士》："树轮相纠兮，林木茷骫。"稽，相合。《礼记》："儒有今人与居，古人与稽。"

7　昏，黄昏。晢晢（zhé），光亮貌。宋玉《高唐赋》："其少进也，晢兮若姣姬，扬袂鄣日，而望所思。"

野有[1]

野　有　死　麋
白　茅　包　之　[2]
子　都　怀　春
子　充　诱　之　[3]
野　有　死　鹿
白　茅　纯　束　[4]
子　都　如　玉
子　充　如　酪
舒　而　汲　汲　兮
无　惜　我　褕　兮　[5]
匪　麋　匪　鹿
毋　包　毋　束
赫　如　龙　猌
色　如　丹　渥　[6]

1　见《召南·野有死麇》。

2　麇（jūn），獐子，无角鹿属。白茅，茅草。以茅草包物乃为郑重其事。

3　子都、子充皆美子。

4　纯（tún），包裹。束，捆。

5　舒，徐缓貌。汲汲，情急貌。《礼记》："其往送也，望望然，汲汲然，如有追而弗及也。"褕（yú），华美的罩衣。

6　赫，盛光或盛怒。龙（máng），长毛犬。猌（yín），犬吠声。《楚辞·九辨》："猛犬猌猌而迎吠兮，关梁闭而不通。"渥，厚渍。

关关[1]

关关雎鸠[2]
在美之洲
窈窕尤子
吉士迴述[3]
参差荇菜
左右芼之[4]
窈窕尤子
言笑在兹
在兹不足
除舒裳服
悠哉悠哉
辗转反侧
悠哉悠哉
旦复旦旦

1　见《周南·关雎》。

2　关关，鸟和鸣声，喙扁者其声关关，得水边之趣。雎鸠，鱼鹰，雌雄有定偶。

3　窈窕，幽闲貌。尤子，最优异的人物。《庄子》："夫子，物之尤也。"高适《东平旅游奉赠薛太守》："青云本自负，赤县独推尤。"吉士，男子美称。鲁迅《集外集续编》："老喉嘹亮，吟关关之雎鸠；吉士骈填，若浩浩乎河水。"述，配偶。

4　荇（xìng）菜，水草，嫩可食。芼（mào），择取，采摘。

木德[1]

桑之未落
其叶沃若
于嗟鸠兮
夺食葚簇[2]
之耽女兮
犹可脱也
之耽士兮
不可脱也[3]
子来施施
来即我谋[4]
载卜载筮
体多吉言[5]
遇木成材
木德在斯[6]

1 见《卫风·氓》。

2 沃若，犹沃沃然也。《集传》："润泽貌。"葚(shèn)，桑实也。《正义》："鸠食桑葚，过时则醉。"

3 耽(dān)，沉溺。《传疏》："凡乐过其节谓之耽。"脱，解脱，脱解。谢庄《月赋》："洞庭始波，木叶微脱。"

4 施施，徐行。《郑笺》："舒行伺间，独来见己之貌。"《集传》："施施，喜悦之意。"来即我谋，《郑笺》："但来就我欲与我谋为室家也。"

5 载，则。体，兆卦之体。

6 木德，五行相生相胜，以木胜者为木德。《礼记》："某日立春，盛德在木。"孔颖达疏："盛德在木者，天以覆盖生民为德，四时各有盛时，春则为生，天之生育盛德，在于木位。"

黳黳[1]

黳黳卷丝
薄言掇之[2]
黳黳卷丝
薄言捋之
黳黳卷丝
薄言含之
襭之藏之[3]
汉之广兮
犹可泳也
洋之夐兮[4]
不可方也
寘彼金罍[5]
启之瞫之
疗我耽思[6]

[1] 见《周南·芣苢》等。

[2] 黳黳 (yì)，深黑貌。张宪《北庭宣元杰西番刀歌》："三尖两刃圭首圆，剑脊黳黳生黑烟。"卷 (quán)，弯曲。《小雅·都人士》："彼君子女，卷发如虿。"《郑笺》："发末曲上卷然。"掇 (duó)，拾也。

[3] 襭 (xié)，衣襟扱于腰间。《集传》："以衣贮之而执其衽于带间也。"

[4] 夐 (xióng)，迥，远。谢朓《京路夜发》："故乡邈已夐，山川修且广。"方，并船或编竹为筏。

[5] 寘 (zhì)，放置。罍 (léi)，酒器，刻云雷之象，以黄金饰之。

[6] 瞫 (shěn)，视，有深、下、窈、平多种视角。耽 (dān) 思，深思。《文赋》："其始也，皆收视反听，耽思傍讯，精骛八极，心游万仞。"

其雨[1]

其雨其雨
霈霈其霖[2]
愿言思叔
疾首甘心[3]
焉得谖草
言树之堂[4]
愿言思叔
一苇之杭[5]
叔兮揭兮
邦之桀兮
叔也执殳[6]
为我前驱
我适为容
膏沐如仪[7]

[1] 见《卫风·伯兮》等。

[2] 其，语词，表愿望。雨，下雨。霈霈，密雨貌。何景明《霍山辞》："而在下云之兴兮霈霈，望佳人兮容与。"霖，甘雨，时雨。

[3] 愿，每。言，语词。叔，同辈中年少者。甘，甜蜜，情愿。疾首、甘心成此对文。《卫风·伯兮》："愿言思伯，甘心首疾。"《集传》："是心不堪忧思之苦，而宁甘心于首疾也。"

[4] 谖草，合欢草。《集传》："合欢，食之令人忘忧者。"言，动词词头。树，植。

[5] 一苇之杭，《卫风·河广》："谁谓河广，一苇杭之。"《毛传》："杭，渡也。"《集传》："谁谓河广，但以一苇加之，则可以渡矣。"按："一苇之杭"扩大了"一苇杭之"的意义。

[6] 揭（qiè），威武。殳（shū），兵器，丈二无刃。前驱，先锋。

[7] 适（dí），取悦。我适两句，言叔取悦我而为容，有膏沐而如仪。

投之[1]

投 之 木 瓜
报 之 琼 琚[2]
匪 报 也
永 以 为 悌[3]
投 之 木 桃
报 之 琼 瑶
匪 报 也
永 以 为 好
投 之 木 李
报 之 琼 玖
匪 报 也
永 以 为 纠
纠 兮 缥 兮[4]
祸 福 同 蒂[5]

1 见《卫风·木瓜》。

2 投之十句,《通释》:"琼为玉之美者,因而凡玉石之美者通谓之琼……琼玖为玉石,与琚为佩玉名、瑶为美石,三者不同,故为互文见义。"史谨《谢郭舍人赠腊梅》:"折来为之琼琚报,聊托微言表寸心。"《南史·隐逸传》:"色如桃李,质胜琼瑶。"钱起《酬长孙绎蓝溪寄杏》:"芳馨来满袖,琼玖愿酬篇。"

3 匪,通"非"。悌(ti),敬爱兄长。《孟子》:"于此有人焉,入则孝,出则悌。"皇甫谧《高士传》:"阖门悌睦,隐身修学,动止合礼。"欧阳修《问进士策题五道》:"夫君臣之相和,父子之相爱,兄弟夫妇之相为悌顺,是文之本也。"

4 纠,绳三合也。缥(xiāng),佩带也。《楚辞·悲回风》:"纠思心以为缥兮,偏愁苦以为膺。"

5 同蒂,同长在一个蒂上。潘尼《安石榴赋》:"千房同蒂,十子如一。"李渔《凰求凤》:"欢娱未几,被闲愁,无端侵入双眉,要起沉疴,须分宠爱,难禁祸福相倚。"

43

无罟 [1]

有兔爰爰
我生之初
尚无辜
我生之后
逢此百罹 [2]
尚寐
无吪 [3]

我生之老
有雉来朝
虽余百虑
无觉无聪
共寐
二心一同
无罦无罿 [4]

1 见《王风·兔爰》。

2 有兔五句，《集传》:"兔性阴狡，爰爰，缓意。雉性耿介，言张罗本以取兔，今兔狡得脱，而雉以耿介，反离于罗。方我生之初，天下尚无事。及我生之后，而逢时之多难如此。"罹 (lí)，忧患。

3 尚，还是。吪 (é)，动。

4 觉，睡醒。聪，听到。罦 (fú)，同罿 (chōng)，捕鸟网。

彼采 [1]

彼 采 葛 兮
一 日 不 见
如 三 月 兮
彼 采 萧 兮
一 日 不 见
如 三 秋 兮
彼 采 艾 兮
一 日 不 见
如 三 岁 兮 [2]
彼 采 琪 兮
十 载 不 见
如 一 夕 兮 [3]
燕 婉 之 求
洵 美 且 异 [4]

1 见《王风·采葛》等。

2 萧，蒿之一种，气馨。《毛传》："萧所以供祭祀。"彼采九句，言思念之深，未久而似久也。

3 琪，美玉，美子。琪花瑶草，梦幻中的珍贵花木。夕，夜，《唐风·绸缪》："今夕何夕，见此良人。"

4 燕，安。婉，顺也。苏武《诗》之二："欢娱在今夕，燕婉及良时。"高适《同敬八卢五泛河间清河》："飘飘波上兴，燕婉舟中词。"洵，确实。韩愈《复志赋》："非夫子之洵美兮，吾何为乎浚之都。"

将骐[1]

将骐子兮
逾我里
折我树杞
逾我墙
折我树桑
逾我园
折我树檀[2]
岂敢爱之
骐可怀也
人之多言
不我畏也
人不知骐
我知怀之
怀之不畏也

1 见《郑风·将仲子》。

2 将 (qiáng)，愿，请。里，二十五家所居。杞，水岸所生之木，柳属。桑，木名，古者墙下植桑。檀，木名，植于园圃之内。

46

朝出 [1]

朝出东门
有氓如云
虽则如云
匪我思存 [2]
夕出西门
有氓如荼
虽则如荼
匪我思且 [3]
野有瑶草
瀼瀼露零
清扬婉兮
适我愿兮 [4]
与子偕隐
肌肤相敬

1 见《郑风·出其东门》等。

2 氓（méng），民在野。《集疏》："美民为氓。"《通释》："男子不相识之初则称氓；约与婚姻则称子；嫁则称士。"存，想念。沈约《和谢宣城》："神交疲梦寐，路远隔思存。"

3 荼，茅芦类白花。《通释》："茅花轻白可爱者也。"思且（cú），犹思存。

4 瑶草，传说中的香草。江淹《别赋》："君结绶兮千里，惜瑶草之徒芳。"元好问《春风来》："春风来时瑶草芳，绿池珠树宿鸳鸯。"瀼瀼（ráng），露水盛貌。零，落也。清，眉目秀。扬，额头美。《通释》："盖目以清明为美，扬亦明也。"适，符合。

且眷 [1]

东方未晞

其人美且偲 [2]

东方未昕

其人美且仁 [3]

颠倒衣裳

颠之倒之

其人美且昂 [4]

虫飞薨薨 [5]

甘与子永梦

子兴视夜

明星有烂 [6]

知子之敕之

杂佩以问之 [7]

其人美且眷 [8]

1　见《齐风·东方未明》等。

2　晞，破晓。《毛传》："明之始升。"偲（cāi），多才。《集传》："多须之貌。"

3　昕（xīn），天亮。《说文》："旦明，日将出也。"陈去病《岁暮杂感》："何计使之併，昕宵对姝丽。"仁，从心从身，《毛传》："有美德，尽其仁爱。"

4　衣裳（cháng），《毛传》："上曰衣，下曰裳。"昂，轩昂孤傲貌。洪昇《长生殿》："呈独立，鹄步昂，偷低度，凤影藏。"

5　薨薨（hōng），虫群飞声。

6　兴，起床。明星，启明星。

7　敕，和顺体贴。杂佩，珩、璜、琚、瑀、冲牙之类。陆机《赠冯文黑》："愧无杂佩赠，良讯代兼金。"问，馈赠。

8　眷，重爱，依恋。孙光宪《生查子》："眷方深，怜怜好，唯恐相逢少。"

48

厥初 [1]

厥初识子
出巷入隘 [2]
岁月匍匐
绸缪旦夕 [3]
以就口食
即之字文 [4]
实发实秀
是负是任 [5]
眷言顾之
倜傥生采 [6]
阴泄氿泉
无浸良材 [7]
尔虽小子
来日栋宰 [8]

1　见《大雅·生民》等。

2　厥，其，那。隘，狭小之地。《左传·昭公三年》："子之宅近市，湫隘嚣尘，不可以居。"左思《魏都赋》："闲居隘巷，室迩心遐。"

3　匍匐，颠沛。绸缪，情意殷切。李陵《与苏武诗》之二："独有盈觞酒，与子结绸缪。"

4　以就两句，言以文字而把口食求。

5　发，抽穗发芽。秀，吐穗开花。负，背扛。任，肩挑。

6　眷言，回顾貌。夏完淳《六君咏》："眷言从彭咸，乘风驾缥缈。"倜傥，卓异也。司马迁《报任安书》："古者富贵而名磨灭，不可胜纪，惟倜傥非常之人称焉。"

7　氿（guǐ）泉，水流狭长。《毛传》："侧出曰氿泉。"无浸，无使浸渍。

8　栋宰，重要之士也。袁宏《三国名臣序赞》："释褐中林，郁为时栋。"韩愈《送幽州李端公序》："公天子之宰，礼不可如是。"

瞻乌[1]

瞻乌爰止
于谁之楫[2]
民多莠言
亦孔之烈[3]
高天厚地
敢不局蹐[4]
维号斯言
胡谓伦迹[5]
嗟今之人
遑遑虺蜴[6]
潜鳞西洋
亦匪克恤[7]
往蹇来连
劫后生劫[8]

[1] 见《小雅·正月》。

[2] 瞻，视也。爰，何处。楫，船。温庭筠《兰塘词》："塘水汪汪凫唼喋，忆上江南木兰楫。"

[3] 莠，丑、恶也。孔，甚也。烈，威也。欧阳修《秋芦赋》："其所以摧败零落者，乃一气之余烈。"

[4] 高天厚地，言天高地厚，喻岁月长久而深远。局，通"踢"，弯曲。蹐，小步走。《郑笺》："局蹐者，天高而有雷霆，地厚也有陷沦也。"黄遵宪《海行杂感》之三："寸天尺地虽局蹐，尽容稀米一微身。"《后汉书·仲长统传》："当君子困贱之时，踢高天，蹐厚地，犹恐有镇压之祸也。"

[5] 维，只有。号，疾呼。伦，道、理，顺其理也。《论语》："欲结其身，而乱大伦。"迹，同"脊"，理也。

[6] 遑遑，惊恐无宁。陶潜《归去来兮辞》："曷不委心任去留，胡为乎遑遑欲何之？"虺（huī）蜴，毒螫之虫也。《集传》："嗟叹今胡为肆毒以害人而使之至此乎？"

[7] 潜鳞，鱼也。王粲《赠蔡子笃》："潜鳞在渊，归雁载轩。"杜甫《上后园山脚》："潜鳞恨水壮，去翼依云深。"匪，非。克，能。恤，顾念。嵇康《太师箴》："至人重身，弃而不恤。"

[8] 往蹇来连语见《易·蹇》。王弼注："往来皆难，故曰往蹇来连。"蹇，困厄。《汉书》："纷屯亶与蹇连兮，何艰多而智寡。"白居易《哭王质夫》："出身既蹇连，生也仍须臾。"劫，大难。庾信《哀江南赋》："设重云之讲，开士林之学，谈劫烬之灰飞，辨常星之夜落。"

桃之 [1]

桃之夭夭
灼灼其华 [2]
之子怙归
高明之家 [3]
桃之夭夭
其叶蓁蓁 [4]
之子怙归
偊俙靪神 [5]
桃之夭夭
其实蕡蕡 [6]
之子怙归
百弛具振
唉桃头白
白头如新 [7]

1 见《周南·桃夭》。

2 夭,草木初生。灼,红艳鲜明。《集传》:"夭夭,少好之貌。灼灼,华之盛也。木少则华盛。"

3 之子,是子也。怙,依恃。归,出嫁。高明之家,富贵满盈之所。扬雄《解嘲》:"高明之家,鬼瞰其室。"

4 蓁蓁(zhēn),繁美。《毛传》:"至盛貌。"

5 偊(ài),隐约貌。俙(xī),感动貌。靪,同"夭"。

6 蕡蕡(fén),果实之貌。《集传》:"实之盛也。"

7 白头如新,谓相交虽久而不知己。《汉书》:"白头如新,倾盖如故。"胡鸣玉《谓不相知者,虽头白如新识;相知者,虽倾盖问如旧识也。"

氾彼[1]

氾 彼 南 海
言 见 溃 涽 [2]
赫 赫 赤 宸
民 具 尔 倾 [3]
鞠 讻 大 戾
式 挹 斯 土 [4]
逆 心 如 惔
徒 噪 莠 闻 [5]
乱 靡 有 定
事 在 戡 宸 [6]
谁 秉 国 成
君 子 威 临 [7]
制 克 为 政
先 智 懿 引 [8]

1　见《小雅·节南山》。

2　氾 (sì)，江水分流后又汇合。谢惠连《西陵遇风献康乐》："曲氾薄停旅，通川绝行舟。"涽 (hūn)，污浊，污物。

3　宸 (chén)，北极星所居，帝王之代称。民具尔倾，即民具倾尔。具，通"俱"。倾，臣服。

4　鞠 (jū)，穷，极。讻，凶咎，祸乱。式，用也。挹，同"月"。

5　惔，通"炎"，火烧。徒，徒众。《书·仲虺之诰》："简贤附势，寔繁有徒。"莠，田间杂草，生禾禾下，似禾非禾，秀而不实。《书·仲虺之诰》："若苗之有莠，若粟之有秕。"

6　靡，无也。定，止也。戡，同"勘"，伐也。

7　秉，主持。《汉书·孙光传》："君秉社稷之重，总百僚之任。"《国语·晋语》："济且秉成，必霸诸侯。"君子，贵族男子。威，尊。

8　懿，美，美德。班固《幽通赋》："懿前烈之纯淑兮，穷与达其必济。"顾炎武《赠孙徵君奇逢》："微言垂旧学，懿德本先民。"

逞飞[1]

耿耿不寐，纛有隐忧[2]。
我心匪鉴，不可偪偪[3]。
展也我甥，不可以据[4]。
我心匪席，不可挟也[5]。
威仪棣棣，不可选也[6]。
觏闵既多，胡迭而厉[7]。
静言诀绝，独翼逞飞[8]。

1　见《邶风·柏舟》等。

2　耿耿，忧虑不安貌。纛，同"集"。《楚辞·离骚》："制芰荷以为衣兮，纛芙蓉以为裳。"隐，病也。

3　鉴，镜。《毛传》："所以察形也。"茹，容纳。《毛传》："度也。"《集传》："言我心既非鉴而不能度物。"偪偪(tà sà)，出息，能耐，多与否定词连用。

4　展，诚也。据，依赖。

5　挟(xié)，怀藏。

6　棣棣(dì)，雍容娴雅。《集传》："棣棣，富而闲习之貌。威仪无一不善，又不可得而简择取舍。"选，择舍。

7　觏，遭遇。闵，忧患。胡，为何。迭，交替。

8　静言，仔细地。陶潜《荣木》："静言孔念，中心怅而。"诀绝，别离。何景明《赠望之》之一："德人重行义，志士轻诀绝。"逞，快意，称愿。

七月 [1]

七　月　授　衣

九　月　流　火 [2]

四　月　秀　葽

五　月　捕　蜩 [3]

八　月　萑　苇

六　月　食　薁 [4]

九　月　肃　霜

围　炉　侑　觞

十　月　涤　场

朋　酒　斯　飨 [5]

眴　我　良　孺

良　孺　傞　嘻 [6]

沁　沁　有　寄

万　事　臻　至 [7]

1　见《豳风·七月》。

2　七月，豳历与夏历同。授衣，裁制冬衣之事交授于人。流，向下移动。火，星名，心宿二，又名大火。

3　四月两句，《集传》："不荣而实曰秀。葽，草名。蜩，蝉也。"按：豳地晚寒，三月而华，四月而秀。

4　萑 (huán) 苇，芦苇无穗曰蒹，有穗曰萑。薁 (yù)，藤本，山葡萄。

5　九月四句，《集传》："肃霜，气肃而霜降也。涤场者，农事毕而扫场地也。两尊 (酒) 曰朋，乡饮酒之礼，两尊壶于房户问是也。"《毛传》："飨者，乡人饮酒也。"王国维："肃霜、涤场皆互为双节，谓九月之气清高颢白而已，至十月万物摇落无余矣。"侑觞 (yòushāng)，劝酒助兴。何景明《白菊赋》："乃陈秋卉以侑觞，冀逸兴之可贷。"

6　眴 (shùn)，视也。《楚辞·怀沙》："眴兮杳杳，孔静幽默。"龚自珍《纪游》："温温怀不肯忘，暧暧眴靡及。"傞 (suō) 嘻，露齿而笑。

7　沁，渗透。臻至，达到极点。

桢桢[1]

桢桢有梅
其实累累[2]
子仪暨暨
子止于于
子礼施施[3]
满堂美人
独与目成[4]
存之淹昔
怀之渴即
不来何迎
不来何赠
迨其吉兮
迨其今兮
迨其谓之[5]

1　见《召南·摽有梅》等。

2　桢，女贞，取其叶冬不凋。左思《吴都赋》："木则枫柙櫹樟，栟榈枸榔，绵杬杶栌，文欀桢橿。"按：桢桢取形音之美以现梅之形态。又如王维"木末芙蓉华"，华从枝筒叶繁中渐次展开。累累（lěi），重积貌，众多貌。

3　暨暨（jì），果断刚毅貌。《礼记·玉藻》："戎容暨暨，言容诒诒。"止，容止，仪容。《鄘风·相鼠》："人而无止，不死何俟？"于于，自得貌。《庄子·应帝王》："泰氏其卧徐徐。"何景明《霍山辞》："视其体睒然，其度于于。"施施，舒行伺闲。《王风·丘中有麻》："彼留子嗟，将其来施施。"柳宗元《始得西山宴游记》："施施而行，漫漫而游。"

4　满堂两句语出《楚辞·少司命》。《集注》："言美人并会，盈满于堂，而司命独与我睨而相视，以成亲好。"王闿运《吊旧赋》："申礼防其必峻，讵目成之汝贻。"

5　迨（dài），及也。谓之，相语而约。《通释》："仲春令会男女，以谓之为会之之假借。"

曰归 [1]

曰归曰归
岁亦阳止 [2]
我戍未定
靡使归聘 [3]
仰彼维何
棠棣之葩 [4]
俯路斯去
道艺所家 [5]
君子所依
小人所腓 [6]
二牡骙骙
象弭鱼服 [7]
二牡翼翼
岂不曰戒 [8]

1　见《小雅·采薇》。

2　阳，阴历十月。止，语词。曰归两句，《集传》："戍事未已，则无人可使归而问其室家之安否也。"

3　使，使者。聘，探问。

4　仰彼维何，言抬头仰望那是什么。葩，华美。韩愈《进学解》："《春秋》谨严，《左氏》浮夸；《易》奇而法，《诗》正而葩。"

5　俯路斯去，言俯身看那高车行往何处。道艺，学与技。《周礼·地官》："正月之吉……使各以教其所治，以考其德行，察其道艺。"

6　依，乘战车而立于其上。腓（féi），隐蔽。

7　牡，驾车之雄马。骙骙（kuí），马对称排列，行而有仪。象弭（mǐ），象牙镶饰的弓。鱼服，鱼皮所制的箭囊。

8　翼翼，状兵马之壮盛。《小雅·采芑》："四骐翼翼，路车有奭。"戒，防备。《郑笺》："警敕军事也。言君岂日相警戒乎？"

允荒 [1]

侗子稽 [2]
攸切攸磋
攸琢攸磨 [3]
思辑同光
以期张扬
爰方始行 [4]
侗子稽
览彼陌阡
瞻彼堂殿
陟则在巅
后降在田 [5]
溯其连源
度其雾阳
所居允荒 [6]

1　见《大雅·公刘》等。

2　侗（xiàn），美好，宽裕貌。《集传》："威严貌。"稽，人名。

3　攸切两句，《毛传》："治（雕琢）骨曰切，象曰磋，玉曰琢，石曰磨。"攸，所。

4　思，语词。辑（yì），和睦。爰，于是。方，开始。

5　陟（zhì）、降，升降上下也。《通释》："《诗》《书》于天人之际多言生降。"

6　雾，同"阴"。《礼记》："生民有雾阳。"所居允荒，言居于此益大矣。《集传》："允，信。荒，大也。"

春申

陟彼春申
言温其偲[1]
伾伾此子
朝夕从趾[2]
瑳兮瑳兮[3]
其之展也
切肤之驩[4]
切齿绻缱
沦肌浃髓[5]
此子独贤
水涯山巅
清辩绮采[6]
玉榻牙床
凌轹琅汤[7]

1　偲（cāi），才也。《齐风·卢令》："卢重锤，其人美且偲。"

2　伾伾（pī），疾行有力貌。《鲁颂·駉》："有骍有骐，以车伾伾。"趾，踪迹。皇甫谧《高士传·梁鸿》："仰颂逸民，庶追芳趾。"

3　瑳（cuō），玉色明艳貌，展，礼服。瑳兮两句语出《鄘风·君子偕老》。《集传》："展衣者，以礼见于君及见宾客之服也。"

4　驩，同"欢"。绻缱，情深而难舍。薛用弱《集异记》："夜阑就寝，备极绻缱。"

5　沦肌浃（jiā）髓，喻程度之深。《淮南子·原道训》："不浸于肌肤，不浃于骨髓。"朱熹《与芮国器书》："以雄深敏妙之文，煽其倾危变幻之习，以故其毒者，沦肌浃髓而不自知。"贤，美善。

6　清辩，清晰明辩。《后汉书》："言辞清辩，旨甚酸哀。"《世说新语》："议论清辩，有纵横才。"

7　凌轹，欺压，压倒。《晏子春秋》："足走千里，手裂兕虎，任之以力，凌轹天下。"曹植《七启》："皆游心无方，抗志云际，凌轹诸侯，驱驰当世。"琅（láng），浪也。汤（dàng），荡也。《管子》："以琅汤凌轹人，人之败也常自比。"

南田[1]

南田多稼
既种既戒[2]
既备乃事
以我覃耜[3]
俶载南亩
播厥百谷[4]
既庭且硕
曾孙是若[5]
孙亦来止
飨彼南亩[6]
以其骍黑
庭兮硕兮[7]
以禋以祀
以介福祉[8]

1 见《小雅·大田》。

2 稼，耕种。种，动词，选种。戒，准备（农具）。

3 覃，通"剡"（yǎn），锋利。耜（sì），古农具，似犁铧。南田四句，《集传》："田大而种多，故于今岁之冬，具来岁之种戒，来岁之事，凡既备矣，然后事之，取其利耜而始之于南亩，既耕而播之。"

4 俶，开始。载，从事。厥，此。

5 庭，通"挺"，直生向上。硕，大。若，顺也。俶载两句，《集传》："其耕之也勤，而种之也时，故其生者皆直而大，以顺曾孙之所欲。"

6 飨，宴享。

7 骍（xīng），赤黄色牲牛。黑，黑色牲羊豕。

8 禋，升烟以祭。介，赐予。

如响[1]

偕偕仲子
朝夕溶漾[2]
栖迟偃仰[3]
斐亹成章[4]
宴宴居息
出入辒辌[5]
懋来兴至
油油荒荒[6]
维天有汉
鲜我方将[7]
醍醐在顶
醍醐在肓[8]
泥泥雍雍
仲子如响[9]

1　见《小雅·北山》等。

2　偕偕，强壮貌。仲子，兄弟行二。溶漾，水波荡漾貌，比喻情感。杜牧《汉江》："溶溶漾漾白鸥飞，绿净春深好染衣。"张先《剪牡丹》："野绿连空，天青垂水，素色溶漾都净。"

3　栖迟，游息。袁宏《后汉记》："栖迟刀笔之间，岂以为嫌，势诚然也。"偃仰，仰卧，安居。

4　斐亹（wěi），文采绚丽貌。孙绰《游天台山赋》："彤云斐亹以翼棂，暾日炯晃于绮疏。"葛立方《韵语阳秋》："名字巍峨先蕊榜，词章斐亹动文奎。"

5　宴宴，通"燕燕"，乐也。居息，闲住于家。辒辌（wēn liáng），古代卧车，有窗牖，帷幔闭之则温，开之则凉。《楚辞·招魂》："轩辌既低，步骑罗些。"

6　懋（mái），聪慧。油油，忧思貌。邹ider先《湘夫人》："日落水云里，油油心自伤。"荒荒，迷茫貌。杜甫《漫成》之一："野日荒荒白，春流泯泯清。"

7　汉，银河。鲜（xiǎn），称美。《郑笺》："鲜，善也。善我方壮乎。"

8　肓，心脏与膈膜之间。按：在顶在肓，喻智慧灌输于人，使人彻悟。

9　泥泥，柔润茂盛貌。《毛传》："叶初生泥泥然。"雍雍，声音和谐貌。叶适《北斋》之一："友朋坐雍雍，燕雀鸣草草。"《礼记·少仪》："鸾和之美，肃肃雍雍。"响，回声。《易·系辞上》："其受命也如响。"按：影响者，若影之随形，响之应声。

60

雾豹

雾豹其藏
泽丽从章[1]
谁从公木
剑履趪趪[2]
挣立安姿
珉玉旁唐[3]
厥罜如也
自望其广[4]
辛盘既撤
投抱偟遑[5]
玉颐转侧
灵根踵踵[6]
仁沾恩洽[7]
驰逐冥霾[8]

1 雾豹,指隐居伏处、退藏避害之人。刘向《列女传》:"玄豹雾雨七日而不下食者,欲以泽其毛而成文章也。"

2 趪趪(huāng),武猛貌。张衡《西京赋》:"洪钟万钧,猛虡趪趪。"

3 挣(jìng),静。《吕氏春秋·贵因》:"秦越,远途也,挣立安坐而至者,因其械也。"珉(mín)玉,似玉的美石。《汉书·司马相如传》:"珉玉旁唐,玢幽文磷。"陆游《书叹》:"世方乱珉玉,吾其老江湖。"旁唐,彩纹石。

4 罜如,高貌。《孔子家语·困誓》:"自望其广,则罜如也。"

5 辛盘,正月初一,以葱韭等五味供以迎新。吴文英《解语花》:"还斗辛盘葱翠,念青丝牵恨,曾试纤指。"偟遑,失措惊慌貌。王逸《九思·逢尤》:"遽偟遑兮驱林泽,步屏营兮行丘阿。"

6 颐,下颔,韩愈《送侯参谋赴河中幕》:"君颐始生须,我齿清如冰。尔时心气壮,百事俱能。"灵根,神木之根,喻性灵。孙拯《赠陆士龙》:"制动为静,秘景在阴,灵根可栖,乐此隈岑。"踵踵(zhōng),人体气血运行。

7 仁沾恩洽,四字词义交叠而融通。董仲舒《春秋繁露》:"亲近来远,同民所欲,则仁恩达矣。"《周书·晋荡公护传》:"霈然之恩,既以沾洽,爱敬之至,施及旁人。"王俭《褚渊碑文》:"仁洽兼济,爱深善诱。"杨炯《奉和应诏》:"仰德还符日,沾恩更似春。"

8 驰逐,驱驰追逐。《汉书·艺文志》:"进弥以驰逐,故幼童而守一艺,白首而后能言。"霾(hóng),幽深貌。

多揭[1]

申江洋洋[2]
吴流活活
鱿鲔发发[3]
瑶柱揭揭
春王正月[4]
赤凤来仪
彪领燕额[5]
丰唇方颐
脉脉荐兮[6]
眷眷饧兮
靖共尔位[7]
歃血是与
镳镳孽孽[8]
此子多揭

1 见《卫风·硕人》等。

2 洋洋,盛大貌。活活(guō),水流声。

3 鲔(wěi),鲟鱼。发发(bō),鱼尾摆动之声。瑶柱,玉饰的琴柱。李邕《春赋》:"戛瑶柱以枑瑟,引金罍而浮樽。"揭揭,高而长貌。

4 春王,以《春秋》体例,鲁定公元年六月即位,后遂以春王指代正月。赤凤,传说中的神鸟。庾信《道士步虚词》:"赤凤来衔玺,青鸟入献书。"

5 彪,虎也。领,颈也。《后汉书·班超传》:"生燕颔虎颈,飞而食肉,此万里侯相也。"陈子昂《陈公墓志铭》:"公河目海口,燕颔虎头,性英雄而志尚元默。"方颐,方形的面颊。古人以为贵相。《南史·梁纪下》:"尊严若神,方颐丰下,须鬓如画。"

6 脉脉,凝视貌。《古诗十九首》:"盈盈一水间,脉脉不得语。"荐,献也。眷眷,勤厚之意。《小雅·小明》:"念彼共人,眷眷怀顾。"饧(xíng),眼神凝滞。龚自珍《长相思》:"好梦如云不自由,唤人饧倦眸。"

7 靖,敬。共,通"恭"。位,职位。歃(shà)血,盟会之仪式,微吸牲血以示诚意。

8 镳镳(biāo),马饰盛美。孽孽,衣饰华贵。揭(qiè),雄壮高大。

如英[1]

彼　淇　之　子

美　如　英

美　无　度[2]

猗　嗟　娈　兮

猗　嗟　昌　兮[3]

颀　且　长　兮

清　扬　婉　兮[4]

舞　则　选　兮

目　既　成　兮[5]

乃　入　我　怀

抑　若　扬　兮[6]

巧　趋　跄　兮

射　则　臧　兮[7]

彼　淇　之　子

1　见《齐风·猗嗟》。

2　英，如花似玉。度，限度。

3　猗嗟，叹美之辞。昌，美盛。

4　清，目之美也。扬，眉之美也。

5　选，异于众而齐乐善舞。按：射箭前必舞，
　　谓之兴舞。目成，眉目传情以结亲好。皇甫
　　冉《见诸姬学玉台体》："传杯见目成，结带
　　明心许。"

6　抑，通"懿"。扬，目动眉飞婉然之美也。《集
　　传》："抑而若扬，美之盛也。"

7　趋跄（qiāng），快步合拍貌。臧，善，准。

63

胡葜 [1]

之 子 阳 阳
左 执 簧 [2]
右 招 我 由 房
其 乐 只 且 [3]
之 子 陶 陶
左 执 翿
右 招 我 由 敖 [4]
其 乐 只 且
之 子 傞 傞
佽 之 卸 [5]
左 右 而 中 挹
去 觿 去 韘 [6]
容 兮 遂 兮
胡 葜 其 息 [7]

1　见《王风·君子阳阳》。

2　阳阳，通"扬扬"。《集传》："得志之貌。"簧，笙竽发声的薄片，故笙竽皆谓簧。

3　由房，人君燕息所奏之乐。一说为游放，游戏。只且，语词。

4　陶陶，和乐貌。翿(dào)，以五色野鸡毛所制扇形舞具。敖(áo)，燕舞式。《郑笺》："右手招我，欲使我从于燕舞之位。"

5　傞傞，醉舞不止。佽(cì)，比次，以次序摆好。

6　挹，酌酒。觿、韘(xī shè)，解结锥与板指，泛指佩戴的骨制饰物。

7　容、遂，皆舒缓放肆之貌。胡葜，即芜葜。

乌镇[1]

遵彼乌镇
循其条枚[2]
未见故庥[3]
惄如辀饥[4]
遵彼乌镇
迴其条肆[5]
既见旧里
不我遐弃[6]
积雪御丧
邸廪如毁[7]
虽则如毁
吉黄片羽[8]
振振公子
于嗟麟兮[9]

1 见《周南·汝坟》。

2 遵,循也。条,枝条。枚,树干。

3 庥,树荫,庇护。按:树木绵连以喻故里。江淹《别赋》:"视乔木兮故里,决北梁兮永辞。"陈基《秋怀》:"落叶辞故枝,惊鸿亦飘忽。"杜甫《江亭》:"故林归未得,排闷强裁诗。"

4 惄(nì),饥意,苦苦思念。辀(zhōu),即"调",早晨。

5 迴,环绕。姜晞《龙池篇》:"灵沼萦迴邸第前,浴日涵春写曙天。"肆(yì),通"藜"。《毛传》:"餘也,斩而复生曰肆。"

6 不我遐弃,即不遐弃我。遐,疏远。

7 御,穿戴,佩带。毁,火,即烈火焚烧。

8 吉黄片羽,神兽吉光之一羽。《海内十洲记》:"吉光毛裘,黄色,盖神马之类也。"曹寅《题胡彭夫藏僧渐江画》:"吉光片羽休轻觑,曾敌梁园玉画叉。"

9 振振(zhēn),容仪之盛,仁厚貌。麟,麒麟,鹿身、牛尾、马蹄、独角、披鳞之灵兽。

怀里[1]

我徂北美
慆慆十载[2]
我来自东
零雨其濛[3]
我西曰归
腧心东悲[4]
蜎蜎者蠋
烝在桑野[5]
敦彼独宿
亦在车下[6]
伊威在室
蟏蛸在户[7]
不我畏也
里可怀也

1 见《豳风·东山》。

2 徂（cú），往。慆慆（tāo），时光逝去。《毛传》："言久也。"

3 零雨，慢而细的雨零落飘下。陆游《春晚简陈鲁山》："向来苦摧伤，零雨杂飞霰。"

4 腧（shù），针穴。腧心喻锥心之痛。

5 蜎蜎（yuān），幼虫蜷曲貌。蠋（zhú），桑虫似蚕者也。烝，语词。

6 敦，蜷缩一团，独处不移之貌。车，兵车。

7 伊威，壁根瓮底的土虫。蟏蛸（xiāo shāo），长脚小蜘蛛。

载阳[1]

春日载阳
有鸣仓庚 [2]
遵彼微行
爰求惝怳 [3]
春日迟迟
野繁祁祁 [4]
同心至喜
为妾子飨 [5]
适彼茸茵
覆彼柔桑 [6]
欨欨载款
载玄载黄 [7]
我朱孔阳
为妾子尝 [8]

1 见《豳风·七月》。

2 载，始也。阳，温和。仓庚，黄鹂。

3 微行，墙下小径。惝怳（chǎng huǎng），惆怅。《楚辞·远游》："步徙倚而遥思兮，怊惝怳而乖怀。"皇甫枚《步飞烟》："惝怳寸心，书其能尽。"

4 迟迟，舒缓貌。《集传》："日长而喧也。"繁，白蒿。祁祁，众多貌。

5 同心，情意投合。《孟子·告子上》："欲贵者，人之同心也。"梅尧臣《勺药》："万丝必同心，千叶必同萼。"飨，宴饮。

6 茸，草初生细软貌。韩愈、孟郊《有所思联句》："台镜晦旧晖，庭草滋新茸。"柔桑，萌芽的嫩桑。杜甫《绝句漫兴》之八："舍西柔桑叶可拈，江畔细麦复纤纤。"按：茸茵覆柔桑，春意写尽。

7 欨欨（xù），和悦貌。载，语词。款，投合，融洽。宋武帝《七夕》："爱聚双情款，念离两心伤。"玄，赤黑色。玄、黄与下句朱字，皆为动词，染色。

8 孔，很，甚。阳，鲜明。尝，品味。

常棣[1]

常棣之华
鄂不韡韡
凡今之人
莫如良弟[2]
死丧之威
兄弟孔怀[3]
鹡鸰在原
人谁急难[4]
每有良弟
况也永戎[5]
藏情于渊
美厥灵根[6]
兄弟既翕
如鼓琴瑟[7]

1 见《小雅·常棣》。

2 常棣，亦作棠棣、唐棣，蔷薇科落叶灌木，花粉或白，果可食。鄂，通"萼"。《郑笺》："承华者曰鄂。鄂是得华之光明，则韡韡然盛。"不，通"柎"(fū)，萼足。韡(wěi)，鲜明茂盛貌。按：鄂承华而韡韡然，如良弟之相随。

3 孔怀，十分思念。

4 鹡鸰，水鸟也。《集传》："脊令飞则鸣，行则摇，有急难之意，故以起兴。"

5 况，语词。永，终久。戎，帮助。

6 灵根，指才德修养。扬雄《太玄·养》："藏心于渊，美厥灵根。"

7 翕(xī)，合也。鼓琴瑟，喻情感融洽。

68

三捷 [1]

岁　亦　莫　止
靡　室　靡　家 [2]
玁　狁　之　罪
不　遑　启　居 [3]
昔　我　往　矣
杨　柳　依　依
今　我　来　思
雨　雪　霏　霏 [4]
彼　尔　斯　何
棠　棣　之　华
彼　辂　斯　何 [5]
拥　子　在　车
岂　敢　定　居
一　月　三　捷

1　见《小雅·采薇》。

2　岁亦莫止，一年将尽矣。莫，暮。靡，无。

3　玁狁（xiǎn yǔn），北族，春秋称狄，战国秦汉称匈奴。遑，闲暇。启，跪坐。居，安居。

4　昔我四句，何楷《古义》："依依者，初抽条时，袅袅不定，如欲依倚他物也。"思，语词。雨（yù），落雨、雪。霏霏，雨雪甚貌，陈子展《诗经直解》："此《诗》句，历汉、魏、南朝至唐，屡见诗人追摩，而终弗逮。"

5　尔，花盛开貌。斯，为。辂（lù），高大的戎车。

斯恩 [1]

彼　风　发　兮

彼　机　偈　兮

顾　瞻　云　路

中　心　怛　兮 [2]

彼　风　飘　兮

彼　机　嘌　兮

顾　瞻　云　路

中　心　吊　兮 [3]

我　能　烹　鱼

馈　之　嘉　醇

将　谁　东　归

怀　之　好　音 [4]

慆　慆　难　尽

斯　勤　斯　恩 [5]

1　见《桧风·匪风》。

2　发,飘扬貌。偈,疾驱貌。顾,回首。怛(dá),痛苦,悲伤。

3　飘,风回旋貌。嘌(piào),飘摇不安貌。吊,怜悯,伤痛。

4　怀之,使之怀(揣)。好音,平安的消息。

5　慆慆二句,《豳风·东山》:"我徂东山,慆慆不归。"《毛传》:"慆慆,言久也。"《豳风·鸱鸮》:"恩斯勤斯,鬻子之闵斯。"《集传》:"恩,情爱也。勤,笃厚也。"

无寄[1]

陟 彼 岵 兮
瞻 望 国 兮 [2]
士 之 行 役
夙 夜 无 已
上 慎 旃 哉
犹 来 无 止
陟 彼 屺 兮
瞻 望 弟 兮
兄 之 行 役
夙 夜 必 偕 [3]
上 慎 旃 哉
犹 来 无 弃
陟 岵 陟 屺
犹 来 无 寄

1 见《魏风·陟岵》。

2 陟，升，登。岵（hù），草木葱茏之山。瞻望，远望。刘禹锡《有僧言》："夜宿最高峰，瞻望浩无邻。"

3 屺（qǐ），山无草木。偕，俱，力行不倦也。

昔我 [1]

昔　我　往　矣
黍　稷　方　华
今　我　来　思
雨　雪　载　涂 [2]
王　事　多　难
不　遑　启　居
岂　不　怀　归
为　布　箴　书 [3]
未　见　仲　子
我　心　恨　恨
既　见　仲　子
我　心　则　降 [4]
王　事　多　劳
薄　伐　西　戎 [5]

1　见《小雅·出车》。

2　方，正值。华，茂盛。雨雪，雨与雪，与黍稷对文。涂，通"途"。《集传》："涂，冻释而泥涂也。"

3　不遑启居，无暇安坐。遑，空闲。启，跪坐。居，住。箴，文体一种。《文心雕龙·铭箴》："箴者，所以攻疾防患。"姚华《论文后编》："功德之辞，施于不朽者，其文曰铭；俾志不忘，故兼警戒。其以垂戒名者，惟箴专之。"

4　恨恨（liàng），怅悲。李陵《与苏武》之三："徘徊蹊路侧，恨恨不得辞。"嵇康《与山巨源绝交书》："顾以恨恨，如何可言。"降，放下，悦服。

5　薄，语词。

趮趮[1]

夜　如　何　其

夜　未　央

庭　燎　之　光 [2]

夜　如　何　其

夜　未　艾

庭　燎　晰　晰 [3]

夜　如　何　其

夜　乡　晨

庭　燎　有　辉 [4]

切　如　磋　如

琢　如　磨　如

灌　如　醒　醐

淇　奥　形　德 [5]

趮　趮　肺　腑

1　见《小雅·庭燎》。

2　如何，什么时辰。其 (jī)，语词。央，尽。庭燎，宫廷中燃起的火炬。

3　艾，止。晰晰，光亮貌。

4　乡晨，近晓也。辉，火气也，天欲明而见其烟光相杂也。

5　淇奥形德，"淇奥"篇美武公之德。

三星[1]

三　星　在　天
绸　缪　展　衾[2]
今　夕　何　夕
郁　此　良　人[3]
子　兮　子　兮
如　此　良　人　何

三　星　在　隅[4]
绸　缪　展　扣
脡　脯　眩　目[5]
清　婉　无　垢[6]
子　兮　子　兮
如　此　清　婉　何
玉　膏　沸　沸[7]
如　此　良　辰　何

1　见《唐风·绸缪》。

2　三星，心星。《毛传》："三星在天，可以嫁娶矣。"《集传》："在天，昏始见于东方。"绸缪，缠绵。衾，被。

3　郁，通"燠"（yù），温暖。

4　隅，东南隅也。《集传》："昏见之星至此，则夜久矣。"

5　脡，干肉，喻肌肉紧满。脯，胸脯。眩目，耀眼。郦道元《水经注·谷水》："霜文翠照，光明眩目。"

6　清婉，清新美好。《世说新语·赏誉下》："风恬月朗，辞寄清婉。"无垢，佛语，清净无染也。陆贽《月临镜湖赋》："至明洞幽，至清无垢。"

7　玉膏，喻美酒。苏轼《次韵赵令铄惠酒》："坐待玉膏流，千载真旦暮。"沸沸，涌貌。

74

笃公[1]

笃公木
于胥斯子[2]
既酒既言
乃顺乃宣[3]
陟则灵巘
后降肤原[4]
笃公木
于京斯子
既溥既辰
乃景乃冈[5]
观其流泉
度其夕阳[6]
维玉及瑶
鞞琫容刀[7]

1 见《大雅·公刘》。

2 笃，厚也。胥，察看。

3 乃，于是。顺，安泰。宣，周遍。《集传》："言居之者遍也，无永叹，得其所，不思旧也。"

4 陟，升。降，下。陟降谓上下巡览。巘（yǎn），山顶。肤，美，肌肉。《孟子·告子上》："无尺寸之肤不爱焉，则无尺寸之肤不养也。"

5 京，高丘。溥，广也。《集传》："言其芟夷垦辟，土地既广且长也。"景，测度日景（影）以正四方。冈，登高以望。

6 夕阳，山的西面。《毛传》："山西曰夕阳。"

7 维玉两句，《传疏》："杂佩集玉石为之，维玉及瑶，言有玉与石也。"《集传》："鞞（bǐ），刀鞘也。琫（běng），刀上饰也。容刀，谓鞞琫之中，容此刀也。"

中露 [1]

式 微

式 微

胡 不 归

微 君 之 故

胡 为 乎 中 露 [2]

式 微

式 微

胡 不 归

微 君 之 躬

胡 为 乎 泥 中 [3]

微 君 禮 袒

胡 以 解 跂 切 [4]

微 君 游 龙

胡 以 疗 心 癃 [5]

1　见《邶风·式微》等。

2　式微五句，《集传》："式，发语辞。微，犹衰也。再言之者，言衰之甚也。微，犹非也。中露，露中也。言有沾濡之辱，而无所芘覆也。"胡为，为何。乎，于。

3　躬，亲身。泥中，有陷溺之难。

4　禮袒（tǎn xī），赤膊。跂，通"企"，踮起脚跟。《卫风·河广》："谁谓宋远，跂予望之。"

5　游龙，龙游。何景明《望郭西诸峰》："游龙戢渊鳞，翔鹭振云翮。"癃，哀病。

76

不如[1]

嗟我于役
不日不月[2]
曷其有佸
鸡栖于埘[3]
日之夕矣
羊牛下来[4]
嗟我行役
匪无勿思
中心如噎
中心如捣
燊燊慒慒
如摧如族[5]
日之夕矣
不如羊牛

1 见《王风·君子于役》。

2 不日不月，无日无月，极言时间久长。

3 有，同"又"。佸（huó），相会。埘（shí），鸡窝，凿墙而栖曰埘。

4 日之两句，《集传》："行役之久，不可计以日月，而又不知其时可以来会也，鸡则栖于埘矣，日则夕矣，羊牛则下来矣，是则畜产出入，尚有旦暮之节，而行役之君子乃无休息之时。"

5 燊（shēn），炽盛。慒（zāo），烧焦。摧，哀伤。苏武《诗》之二："长歌正激烈，中心怆以摧。"族，灭。

蟋蟀[1]

蟋蟀在野
日月其迈[2]
职思其居
好乐无歧[3]
蟋蟀在堂
岁聿其逝
职思其外
好乐无旷[4]
瞿瞿蹶蹶[5]
无已大康
寄言远国
良孺待匡[6]
是究是图
亶其然乎[7]

1 见《唐风·蟋蟀》等。

2 迈，时光消逝。

3 职，主。居，所居之事，过去与未来之事。歧，歧路。鲍照《舞鹤赋》："指会规翔，临歧矩步。"

4 聿，语词。旷，荒废。《吕氏春秋·无义》："以义助则无旷事矣。"

5 瞿瞿（jù），谨慎貌。《毛传》："瞿瞿然，顾礼义也。"蹶蹶（guì），勤敏貌。《毛传》："动而敏于事也。"无已大康，言不可过于乐也。

6 远国，远方的属国。《管子·小匡》："远国之民，望如父母。近国之民，从如流水。"匡，端正。

7 究，深思。图，熟虑。亶（dǎn），确实。然，如此。

鸱鸮[1]

鸱鸮鸱鸮[2]
无取我子
无毁我枝
勤止恩止
鬻子闵斯[3]
迨天未雨
绸缪牖户[4]
予手撤捔
予所捋荼
予口悴瘏[5]
羽谯谯
尾翛翛
室翘翘[6]
风雨漂摇

1　见《豳风·鸱鸮》。

2　鸱鸮（chì xiāo），恶鸟。《集传》："攫鸟子而食者也。"

3　勤，怜惜。恩，爱护。止，语词。鬻（yù），养育。闵，疼爱。《通释》："爱之欲其室之坚，忧之惧其室之倾也。"

4　迨（dài），及。牖（yǒu），窗。户，单扇门。《通释》："古者宫室之制，户东而牖西，（牖）其制向上取明，与后世之窗稍异。"

5　予手三句，言母鸟重铸巢窠。撤捔，脚爪紧抓。捋荼，采撷茅花。悴瘏（tú），因劳致病。

6　谯谯（qiáo），羽毛稀疏脱落。翛翛（xiāo），羽毛干枯雕蔽。翘翘，危险貌。

维愊 [1]

维 愊 既 同 [2]

维 体 既 逢

朱 芾 蜕 地

弃 捐 金 舄 [3]

股 肱 骈 骈

惺 惺 渊 渊 [4]

二 牡 孔 阜

既 驾 不 猗 [5]

不 失 其 驰

乐 也 融 融 [6]

舍 矢 如 破

乐 也 泄 泄 [7]

萧 萧 马 鸣

旒 旒 旆 旌 [8]

[1] 见《小雅·车攻》。

[2] 愊（bì），至诚。唐顺之《陆慎斋先生寿序》："先生志行愊实，其取与有狷士之节。"

[3] 朱芾（fú），红色蔽膝。蜕（tuì），脱舍。李绅《泛五湖》："范子蜕冠履，扁舟逸霄汉。弃捐，抛弃。高适《行路难》："黄金如斗不敢惜，片言如山莫弃捐。"舄（xì），有双层底的鞋子。

[4] 股肱，大腿与胳膊。《书·说令下》："股肱惟人，良臣惟圣。"骈骈，繁盛貌。欧阳詹《回鸾赋》："振振骈骈，殷殷阗阗。"惺惺，清醒貌。陆游《不寐》："困睫日中常欲闭，夜阑枕山却惺惺。"渊渊，深邃貌。《庄子·知北游》："渊渊乎其若海，巍巍乎其终则复始也。"

[5] 孔，甚也。阜（fù），高大健硕。猗，通"倚"，偏差。

[6] 驰，驰驱之法。融融，和乐貌。《左传·隐公元年》："大隧之中，其乐也融融。"

[7] 舍矢，放箭。如，而。破，射中。泄泄（yì），和乐貌。《左传·隐公元年》："大隧之外，其乐也泄泄。"

[8] 旒（liú），旌旗悬垂的饰物。旆旌，旌旗。

彤管[1]

之子来初
终窭且贫[2]
惠而我好
肱股俪芩[3]
共虚其徐
既亟只且[4]
莫赤彼狐
莫黑彼乌[5]
好而惠我
浼浼弥弥[6]
其徐其虚
既且只亟
品敕彤管
彤管有炜[7]

1　见《邶风·北风》等。

2　终窭（jù）且贫，既窭又贫。《通释》："无财曰贫，无财备礼曰窭。"

3　惠，仁爱。好（hào），爱，喜爱。俪芩（líchēn），又芩丽、芩离，繁密披覆貌。班固《东都赋》："凤盖芩丽，和銮玲珑。"《乐府诗集》："天门启扃，日驭飞盖，焕兮芩离，傧兮暗霭。"

4　虚，通"舒"。亟，急。只且（jū），语气词连用。

5　莫，无，没有。莫赤两句，言莫赤于彼狐，莫黑于彼乌。

6　浼浼（měi），水盛貌。韦应物《拟古诗》之三："峨峨高山巅，浼浼青川流。"弥弥，满溢貌。徐祯卿《留别边子》："登高望河水，河水何弥弥。"

7　敕，详明。彤管，赤色之笔。《毛传》："古者后夫人必有古史彤管之法。"炜（wěi），色赤而鲜艳。

恒骚 [1]

鸿雁于飞
肃肃其羽 [2]
维我于征
劬劳于西 [3]
爰及矜人
如鳏如寡 [4]
鸿雁于飞
集于北美
维此哲人 [5]
谓我劬劳
维彼佞人
谓我宣骄 [6]
不我宣骄
诗旨恒骚 [7]

1 见《小雅·鸿雁》。

2 肃肃，羽声。

3 于征，往征，远行服役。劬（qú），同"佝"，弓背劳苦。

4 爰，语词。矜人，苦人。鳏寡，《集传》："老而无妻曰鳏，老而无夫曰寡。"

5 哲，知。韩愈《王公墓志铭》："气锐而坚，又刚以严，哲人之常。"陈梦雷《木瘿瓢赋》："惟哲人之素修兮，感曲成之奇姿。"

6 宣骄，骄傲。宣骄与劬劳对文。维此四句，言知者谓我劬劳，不知者而谓我宣骄也。

7 骚，诗体的一种。张表臣《珊瑚钩诗话》："幽忧愤悱，寓之比兴，谓之骚。"

82

匏有[1]

匏有苦叶
济有深涉[2]
深厉浅揭
会我良偞[3]
有弥济盈
有鷕雉鸣[4]
盈不濡轨
牡述孺牡[5]
招招舟子
人涉我否
人涉我否
独须我俦[6]
我躬既属
黾恤我后[7]

1 见《邶风·匏有苦叶》。

2 匏(páo)，葫芦。苦，通"枯"，叶枯则成熟。济，水名。深涉，匏实腹大，可以为容器，系腰间以涉深水。

3 厉，不脱衣而涉水。揭(qì)，提起下裳。偞(yè)，轻丽之貌。皮日休《桃花赋》："或亦偞而作态，或窈窕而骋姿。"

4 有，语词。弥，河流弥漫。盈，满。鷕(yǎo)，野鸡的叫声。

5 濡，沾湿。轨，车轴头。牡，雄性。述，配偶。

6 招招，摇手相招貌。舟子，摆渡者。人涉我否，言别人过河我不愿。俦(chóu)，伴侣。曹植《洛神赋》："尔乃众灵杂遝，命俦啸侣，或戏清流，或翔神渚。"

7 既属，有所寄托。黾(mǐn)，勉力。恤，忧虑。《邶风·谷风》："我躬不阅，遑恤我后。"

斯尤 [1]

新　梁　有　泚
江　水　弥　弥 [2]
燕　婉　之　求
惟　子　清　究
新　梁　有　洒
河　水　浼　浼 [3]
燕　婉　之　求
惟　子　叨　稠
新　梁　有　辉
江　水　霈　霈 [4]
燕　婉　之　求
惟　子　沸　渭 [5]
子　兮　子　兮
尤　物　斯　尤 [6]

1　见《邶风·新台》。

2　泚（cǐ），鲜明光洁貌。弥弥（mǐ），漫漫，水满貌。

3　燕婉，仪态安详温顺。《毛传》："燕，安；婉，顺也。"洒（cuǐ），高峻貌。浼浼（měi），水盛貌。

4　霈霈，波浪相击声。宋玉《高唐赋》："奔扬踊而相击兮，云与声之霈霈。"

5　沸渭，水翻腾奔涌貌。梁元帝《玄览赋》："尔其彭蠡际天，用长百川，沸渭渝溢，潋淡连延。"

6　尤物，绝色之宝物。《左传·昭公二十八年》："夫有尤物，足以移人。"斯尤，最优异。

天骄[1]

之子来投
横陈如锦
缜轹缴辋
上下其衅[2]
之子扈朝
俅俅终宵[3]
逢悟化言
盘谑无狡[4]
宜共饮酒
与子偕老
琴瑟在御
莫不静好
知之盛之
纵之天娇[5]

1 见《郑风·女曰鸡鸣》等。

2 缜缴,细密。陆龟蒙《记绵裾》:"非绣非绘,缜缴柔美。"轹辋(lì lìn)车轮碾过。司马相如《上林赋》:"徒车之所轹辋,步骑之所蹂若。"按:缜轹缴辋四字交错,锦文杂沓。衅(xìn),缝隙,裂痕。

3 扈(hù),随从,护卫。《楚辞·九辩》:"载云旗之委蛇兮,扈屯骑之容容。"俅俅(qiú),恭顺貌。《周颂·丝衣》:"丝衣其紑,载弁俅俅。"

4 悟(wù),迎,遇到。盘,娱乐。颜延之《三月三日曲水诗》:"情盘景遽,欢洽日斜。"狡,猜疑。

5 纵,放任,赋予。《论语·子罕》:"固天纵之将圣,又多能也。"

三世 [1]

青 青 子 矜
悠 悠 我 心
既 除 青 矜
厥 脯 醇 醇 [2]
青 青 子 佩
悠 悠 我 思
既 解 青 佩
厥 膂 道 骘 [3]
朝 兮 莫 兮
在 楼 阙 兮
伊 其 将 谑
如 冰 之 涣 [4]
十 年 不 见
作 三 世 观

1　见《郑风·子衿》。

2　子矜，穿青领衣服的学士。悠悠，同"忧忧"，忧思貌。醇(liáng)，古代六饮之一，寒粥。醇，纯而不杂。

3　佩，身佩玉石的绶带。膂(lǚ)，脊背也。道，劲健。曹丕《与吴质书》："公干有逸气，但未道耳。"骘(zhì)，雄马。

4　莫，暮也。谑，娱乐。涣，离散。《老子》："古之善为士者，微妙玄通，深不可识。故强为之容，与兮若冬涉川，犹兮若畏四邻，俨兮其若客，涣兮若冰之将释。"

白鸟[1]

白鸟白鸟
无阻我足
此邦之人
不可与明
言旋言归
眷我邦族[2]
黄鸟黄鸟
无啄我足
邦族之人
不可与处
言亡言返
踧踖异境[3]
亡人何宝
木铎有心[4]

1 见《小雅·黄鸟》。

2 与明，与之盟也。旋，还。眷，顾之深也。

3 与处，与之处也。亡，离。踧踖(cù jí)，恭敬不安貌。《论语·乡党》："君在，踧踖如也。"

4 木铎，以木为舌的铃。《周礼·地官》："凡四时之征令有常者，以木铎徇以市朝。"《论语·八佾》："天下无道也久矣，天将以夫子为木铎。"

佷人 [1]

上 莞 下 簟
乃 安 斯 寝 [2]
殖 殖 其 脡
有 觉 其 盈 [3]
骈 骈 其 脂
有 煴 其 唇 [4]
维 虺 维 蛇
无 非 无 仪 [5]
捷 捷 幡 幡
爰 笑 爰 语 [6]
棠 棣 及 矣
式 相 好 矣 [7]
毋 相 犹 矣
工 天 佷 人 [8]

1 见《小雅·斯干》。

2 莞（guān），席草，亦草席也。簟（diàn），竹席。安，安眠。

3 殖殖，平正貌。有，语词。觉，高大正直。

4 脕（wěn），嘴唇，两唇之相合。白居易《无可奈何歌》："是以达人静则脕然与阴合迹，动则浩然与阳同波。"煴，微火慢热。

5 虺（huī），一种毒蛇。非，恶行。仪，善事。按：虺蛇乃阴物穴处，柔弱隐伏。

6 捷捷（qiè）幡幡，巧言乱德、反复失仪貌。爰，乃，于是。

7 式，助词，相当"应"。好（hào），互相爱护。

8 犹，通"猷"，欺诈。佷（liáng），擅长。《庄子·庚桑楚》："圣人工乎天而拙乎人。夫工乎天而佷乎人者，唯全人能之。"

88

隰桑[1]

隰桑有阿
其叶有傩[2]
其叶沃沃
其叶幽幽[3]
既见眉子
云如之何
既揽眉子
德音孔胶[4]
溺乎耽矣
遐不谓矣[5]
中心藏之
今夕尽之[6]
载震载倾
不介不止[7]

1 见《小雅·隰桑》。

2 隰桑，生于低地的桑树。《集传》："下湿之处，宜桑者也。"阿，柔美貌。傩（nuó），茂盛貌。阿傩连言音转为旖旎，为枝叶条垂之貌。

3 沃沃，滋润光泽貌。幽幽，青黑深暗貌。

4 眉，借指佳人。傅毅《舞赋》："眉连娟以增绕兮，目流睇而横波。"德音，至善至情之言。孔胶，十分深厚。

5 溺、耽，皆沉湎也。遐不，为什么不。谓，相与语也。

6 藏，通"臧"，善、美，作动词。《集传》："爱之根于中者深，故发之迟而存之久也。"

7 介，休息。

鸒斯[1]

弁彼鸒斯
归飞提提[2]
民皆不穀
我独乐乐[3]
何德于天
我幸伊何[4]
兔斯之奔
维足伎伎[5]
雉之朝雊
尚求其公[6]
木有椅兮
薪有杝兮[7]
我有杰子
丽照桑榆[8]

1 见《小雅·小弁》。

2 弁 (pán)，鸟飞鼓翼，有喜乐之貌。鸒 (yù)，乌鸦。斯，语词。提提 (shí)，群飞安闲貌。

3 穀，养。乐乐 (luò)，落也，坚定如石貌。《荀子·儒效》："乐乐兮其执道不殆也，炤炤兮其用知之明也。"

4 伊，是。

5 斯，维，语词。伎伎 (qí)，奔走不息。《毛传》："舒貌。"

6 朝雊 (gòu)，清晨野鸡鸣叫。公，雄性。

7 椅 (jǐ)，伐木者向一旁牵引。杝 (chǐ)，顺着木材的纹理。

8 杰子，才智之人。《梁书·刘之遴传》："邦之杰子，实惟彭、英。"桑榆，《淮南子》："日西垂，景在树端，谓之桑榆。"刘知己《史通·叙事》："夫旰日流景，则列星寝耀；桑榆既夕，而辰象粲然。"按："丽"意为"光华"而以有"丽照"。常建《西山》："物象归余清，林峦分夕丽。"

何草[1]

何草不青
何日不行[2]
仆仆四方
何草不黄[3]
何时不望
锐身还乡[4]
匪兕匪虎
率彼国中[5]
有芃者狐
有财者贾[6]
大夫不均
贤者茕茕[7]
踧踧自葆
再赴西戎[8]

1 见《小雅·何草不黄》等。

2 行，上路奔波。

3 仆仆，奔走劳顿貌。方苞《七思》："长饥驱兮仆仆，痛乖分兮苦相勖。"黄，草萎衰而黄。

4 锐身，犹挺身。

5 匪，彼。兕(sì)，野牛。率，相率而行。国中，并谓王城之中，亦指国内。

6 有芃(péng)，兽毛蓬松貌。贾(gǔ)，售。

7 茕茕(qióng)，孤零貌。李密《陈情表》："茕茕孑立，形影相吊。"

8 踧踧(cù)，恭谨貌。西戎，西族的总称。阮籍《咏怀》四十："园绮遁南岳，伯阳隐西戎。"

如夷 [1]

赫　赫　戎　丑
民　具　尔　瞻 [2]
国　既　卒　斩
何　用　不　监 [3]
赫　赫　戎　丑
不　平　谓　何 [4]
今　方　荐　瘥
丧　乱　弘　多 [5]
弗　问　弗　仕
勿　罔　君　子 [6]
小　人　如　脂
小　人　如　韦 [7]
君　子　如　届
君　子　如　夷 [8]

1　见《小雅·节南山》。
2　戎，大。具尔瞻，俱瞻尔。
3　卒斩，尽皆断绝。监，鉴，引以为戒。
4　谓何，云何。
5　荐瘥（cuó），降灾。荐，屡次，连接。瘥，疫病。弘，大。
6　仕，审察。罔，欺骗。
7　韦，背离，同"违"。
8　如届，至其位。如夷，行平易之政。

葛生 [1]

葛　生　蒙　楚
蔹　蔓　于　野 [2]
予　美　遇　此
许　与　独　赀 [3]
葛　生　蒙　棘
蔹　蔓　于　域
予　美　成　此
愿　共　㵎　渎 [4]
夏　夕　冬　辰
粲　枕　锦　衾 [5]
予　美　亡　此
夏　之　日
冬　之　夜
谁　与　独　息

1　见《唐风·葛生》。

2　葛、蔹 (liǎn)，蔓生植物，葛生托于物，蔹生依于地。蒙，草名，菟丝子。楚，荆，落叶低灌木。

3　予美，我所美、所爱之人。赀 (zī)，契约。

4　㵎，同"涧"，山夹水也。渎，同"渎"，沟渠。

5　粲，烂，华美。

西门[1]

西 门 之 枌
北 丘 之 栩[2]
叩 叩 骐 子
婆 娑 以 许[3]
穀 旦 于 差
穀 道 于 窅[4]
聘 之 以 珪
召 之 以 瑗[5]
穀 旦 迟 迟
穀 道 戢 戢
越 以 鬷 迈[6]
我 鱼 尔 水
我 水 尔 鱼
鱼 水 不 离

1 见《陈风·东门之枌》。

2 枌(fén),白榆树。栩(xǔ),柞栎树。

3 叩叩,殷勤恳挚。繁钦《定情诗》:"何以致叩叩,香囊系肘后。"朱彝尊《戏效香奁体》:"裁通心叩叩,爱执手掺掺。"婆娑,以节而歌,比其舞貌。

4 穀旦,吉日。差,选择。穀道,善道。一说后窍。窅(yǎo),深隐深远貌。谢朓《敬亭山》:"缘源殊未极,归径窅如迷。"王十朋《会稽风欲赋》:"禹穴窅而叵探,葛岭薑而自来。"

5 珪(guī),瑞玉,形方,执以为信。瑗(yuàn),孔大边小之璧。《荀子·大略》:"聘人以珪,问士以璧,召人以瑗。"

6 戢戢(jí),鱼张口貌。梅尧臣《五月十三日大水》:"戢戢后池鱼,随波去难留。"越,语词。鬷(zōng)迈,会合而行。

溱洧[1]

溱洧涣涣
子我秉蕑[2]
子曰观乎
我曰既且[3]
且往观乎
洧外洵乐[4]
维子与我
伊其相谑[5]
子之眸矣
浏其清矣[6]
赠之芍药
于嗟我子
嘘气若蕑
色采芍药[7]

1　见《郑风·溱洧》。

2　溱（zhēn）、洧（wěi），皆郑国水名。涣涣，水流盛大。《郑笺》："仲春之时，冰以释水，则涣涣然。"秉蕑（jiān），持兰草（以除秽）。蕑，春兰，花开气馨。

3　子曰两句乃问答。且，通"徂"，往。

4　洵，诚然，实在。

5　伊，语词。谑，玩笑。

6　浏（liú），水流清澈貌。《毛传》："深貌。"

7　芍药，芳色明采，音为灼烁，假声以为义。陆以湉《冷庐杂识》："勺药，香草也，而赠之于相谑之日。"《易·系辞上》："同心之言，其臭如兰。"孔颖达疏："谓二人同其心，吐发言语，氤氲臭气，香馥如兰也。"骆宾王《上梁明府启》："志合者蓬心可采，情谐者兰味宁忘。"

载蜚[1]

载蜚载驰
阒阒来迟[2]
既不我嘉
不可旋居[3]
视国不臧
我思何旷[4]
泛彼申江
紊各紊行[5]
侩驱尤之[6]
狂病心丧
百尔所谝[7]
岂我因彰
谁因谁极[8]
昭于诸邦

1　见《鄘风·载驰》。

2　载蜚载驰，蜚语谤言如走马。阒阒（bi），幽深貌。

3　嘉，以为……好。旋，回还。

4　臧，善。旷，远。温庭筠《乾臊子》："心亲道旷，室迩人遐。"陆机《拟涉江采芙蓉》："故乡一何旷，山川阻且难。"

5　紊，乱。《书·盘庚上》："若纲在网，有条而不紊。"各，分别。萧统《〈文选〉序》："各体互兴，分镳并驱。"行（háng），道理。

6　尤，过错。此作动词。

7　谝（xǐ），担心害怕。

8　因，依靠，亲。极，以为准则。

96

芬芬[1]

芬芬错薪
昔之所锉[2]
桀桀乔木
之子于归[3]
子言切切
叩诉牺年[4]
种因溟远
得缘佹偏[5]
来日偕臧[6]
十亩之间
桑者闲闲
桑者泄泄[7]
开轩饮酒[8]
局外神眷

1 见《周南·汉广》等。

2 芬芬（fén），众多貌。唐顺之《答王遵岩》："置一茎草于邓林芬芬之间哉。"错薪，错杂丛生的草木。锉，折伤。毛滂《鹊桥仙》："红摧绿锉，莺愁蝶怨，满院落花风紧。"

3 桀桀，高大貌。之，此。魏源《古诗微》："三百篇言娶妻者，皆以折薪为兴，盖古者嫁娶必以燎炬为烛。"

4 切（rèn），语言迟缓，难出口。《论语·颜渊》："子曰：'仁者其言也切。'"牺（xī）年，童年。骆宾王《上兖州崔长史启》："伟龙章之秀质，腾孔雀于牺年。"

5 因，事物生起、变化和坏灭的主要条件。缘，与因相匹之辅助条件。溟，幽深，迷茫。屠隆《彩毫记》："大道宗虚无，至真合溟涬。"佹（guǐ），乖戾。

6 臧，美，得其所欲也。

7 闲闲，往来皆自得之貌。泄泄（yì），多人之貌。《通释》："闲闲、泄泄皆桑树盛多之貌。"

8 开轩，阮籍《咏怀》十五："开轩临四野，登高望所思。"谢瞻《答灵运》："开轩灭华烛，月露皓已盈。"

采薇[1]

采薇采薇
薇亦作止
曰归曰归
十岁渐止 [2]
靡室靡家
猃狁之霸 [3]
彼茶维何
棠棣之菁 [4]
溥天率土
莫比悌恩 [5]
谓山盖卑
崇冈长陵 [6]
俠然托国
淹然委身 [7]

1 见《小雅·采薇》等。

2 作，发芽。《毛传》:"生也。"渐 (sī)，尽，消亡。

3 室，夫妇所居。家，一门之内。猃狁 (xiǎn yǔn)，西北牧族。

4 茶，尔，花朵盛开貌。菁 (jīng)，花，华采。

5 溥、率，皆普也。悌 (tì)，敬兄爱长。

6 盖，通"盍"，何其。卑，低。崇，高。

7 俠 (tàn) 然，安然不疑。《荀子·仲民》:"俠然见管仲之能足以托国也，是天下之大知也。"委身，托身。《后汉书·朱佑等传论》:"其怀道无闻，委身草莽者，亦何可胜言。"

谓尔 [1]

谓尔无兔

皎皎雪如

谓尔无雉

晔晔锦如 [2]

尔兔来思

其耳湿湿

尔雉来思

其尾饬饬 [3]

矜矜兢兢

不骞不崩 [4]

麾之以肱

毕来既升 [5]

旐维旟矣

吉兆溱溱 [6]

1　见《小雅·无羊》。

2　谓尔，说你。皎皎，洁白貌。晔晔（yè），光芒四射貌。韩愈《独孤申叔哀辞》："濯濯其英，晔晔其光，如闻其声，如见其容。"

3　思，句末语词。湿湿（chì），扇动貌。《毛传》："呞而动其耳湿湿然。"饬饬，严整而雍容。

4　矜矜兢兢，紧紧相依貌。骞（qiān），亏损，跛足。崩，溃散，跌倒。

5　麾，指挥。肱（gōng），手臂。升，进入牛栏羊圈。《毛传》："入牢也。"

6　旐（zhào），龟蛇图案的旗。旟（yú），鹰隼图案的旗。溱溱，众也。《毛传》："旐旟所以聚众也。"

椒聊[1]

椒聊之实
蕃衍盈掬[2]
彼其之子
硕大且笃
椒聊且
游条且[3]
素衣朱襮
从子于沃[4]
我闻有名
不敢告人
椒聊且
游条且
椒聊之实
蕃衍盈升

1 见《唐风·椒聊》等。
2 椒聊，椒树丛。蕃衍，繁盛多子。掬，两手
合捧。
3 且，叹词。游条，长枝舒展貌。椒聊两句，
叹其枝游而益蕃也。
4 襮（bó），绣有黼形花纹的衣领。于沃，到
曲沃去。

终南 [1]

终南何有
有堂有纪 [2]
春朝至止
鬓指清飔 [3]
颜如渥丹
奂哉此嗣 [4]
终南何有
有纪有堂
秋夕至止
黻衣绣裳 [5]
温欨如玉
吐款如曲 [6]
为器散朴
绥始多福 [7]

1　见《秦风·终南》。

2　终南，山名，位陕西西安城南。堂，通"棠"。纪，通"杞"。

3　飔（sī），凉风。陶潜《和胡西曹示顾贼曹》："蕤宾五月中，清朝起南飔。"许谦《莫过东津馆》："清飔从东来，凉气袭我面。"

4　渥（wò），浸涂。《毛传》："厚渍也。"丹，赭石，一种红色染料。奂，光彩鲜明。张华《答何劭》："穆如洒清风，奂若春华敷。"

5　黻，礼服上黑青相间的花纹。

6　温欨（xū），和悦煦暖貌。吐款，吐露真情。《宋书·范晔传》："熙先望风吐款，辞气不桡。"

7　散朴，失去质朴。《庄子·缮性》："德又下衰，及唐虞始为天下，兴治化之流，浇淳散朴，离道以善，险德以行，然后去性而从于心。"绥，安。

既见[1]

既 见 君 子
为 光 为 龙[2]
既 见 君 子
宜 弟 宜 兄
既 见 君 子
令 德 寿 岂[3]
鞗 革 冲 冲
和 鸾 雝 雝[4]
零 露 浓 浓
万 福 攸 同[5]
兄 弟 泥 泥
我 心 写 矣[6]
宴 笑 言 矣
是 以 有 誉[7]

1 见《小雅·蓼萧》。

2 为，显现。光，太阳光，指太阳。《广雅·释诂》：" '龙、日，君也。'为龙为光，犹云为龙为日，并君象也。"

3 令，善，美。岂，通"恺"，乐。

4 鞗（tiáo），马笼头上的铜饰。冲冲（chōng），饰物下垂貌。和鸾，车铃。《集疏》："鸾在衡，和在轼。升车则马动，马动则鸾鸣，鸾鸣则和应。"雝雝（yōng），和谐的声音。

5 浓浓，露水厚多貌。攸同，所聚也。

6 泥泥（nǐ），沾濡滋润貌。写，通"泻"。《毛传》："输写其心也。"《郑笺》："我心写者，舒其情意，无留恨也。"

7 誉，通"豫"，安乐。

他山[1]

他山之石
可以为错
可以攻玉[2]
爰有树檀
其下维萚
其下维榖[3]
鱼鳞潜水
或在其渚
或在其渊[4]
鹤鸣九皋[5]
声闻于野
声闻于天
各敬尔仪
易色贤贤[6]

1　见《小雅·鹤鸣》。

2　错，石也，《毛传》："可以琢玉。"攻，制作。

3　树檀，檀树的倒文。萚 (tuò)，草木脱落。《郑笺》："木叶槁，待风乃落。"榖 (gǔ)，落叶乔木楮，古以为恶木。

4　鱼鳞，鱼也。渚，浅水沙洲。渊，深潭。

5　皋，泽也。九皋，言其深远。

6　易色，轻略于色。贤贤，尊尚贤人。《论语·学而》："贤贤易色，事父母能竭其力，事君能致其身。"《西厢记》："我却待'贤贤易色'将心戒，怎禁他兜的上心来。"

鱼丽[1]

南有嘉鱼
君子有酒
烝然汕汕
式燕以衎[2]
南有樛木
甘瓠累之[3]
物其多矣
维其时矣[4]
维其尤矣
翩翩者雉
烝然来思[5]
君子有酒
酒有且旨
是谓鱼丽[6]

1 见《小雅·南有嘉鱼》等。

2 烝然，众多之貌。汕汕，鱼游水貌。式，应当。燕，宴饮。衎（kàn），形神舒畅。

3 樛（jiū），树枝向下弯曲。瓠（hú），葫芦。累，缠绕，结满。

4 时，适时。

5 雉（zhuì），野鹁鸪。翩翩两句，言鹁鸪翩翩飞，众相竞徘徊。

6 鱼丽，美万物盛多而能备礼也。

长睽[1]

无咎无辜
谗口嚣嚣[2]
下氓之孽
匪降自天[3]
噂沓背憎
职兢由人[4]
悠悠故里
亦孔之痗[5]
四方有羡
我素居忧[6]
人莫不逸
我独不休
黾勉从事
再此长睽[7]

1　见《小雅·十月之交》。

2　嚣嚣（áo），众口谗毁貌。

3　下氓两句言众生之祸灾，非无故从天降。

4　噂（zǔn）沓，聚语。《郑笺》："噂噂沓沓，相对谈语，背则相憎。"职竞，专心极力。

5　悠悠，忧思貌。痗（mèi），病痛。

6　羡，宽余，欣喜。居，处于。

7　黾勉，努力。睽（kuí），乖离，违背。《庄子·天运》："三皇之知，上悖日月之明，下睽山川之精，中坠四时之施。"

有駜[1]

有駜有駜
駜彼乘黄[2]
有駜有駜
駜彼乘牡[3]
夙夜在公
在公明明[4]
振振鹭
鹭于飞
鼓咽咽
醉言舞[5]
自今以始
岁其有
君子毅道
于胥乐兮[6]

1 见《鲁颂·有駜》。

2 駜(bì)，马肥强貌。乘(shèng)，一车四马为乘。黄(zàng)，健壮。

3 牡，雄性。

4 明明，勉力。《通释》："明明即勉勉之假借，谓其在公尽力也。"

5 振振，群飞之貌。鹭，鹭鸶，此指舞者所持的鹭羽。于飞，如飞也，状振羽之容。咽咽(yuān)，有节奏的鼓声。

6 有，丰收。胥，相。

中谷 [1]

中谷有蓷
暵其干矣 [2]
有女仳离
条其啸矣 [3]
遇人不淑
世之漓矣 [4]
中谷有蓷
暵其修矣 [5]
有女仳离
啜其泣矣
遇人艰难
世之溏矣 [6]
暵其湿矣
何嗟及矣 [7]

1　见《王风·中谷有蓷》。

2　中谷，谷中。蓷（tuī），益母草。暵（hàn），干枯。

3　仳（pǐ）离，被遗弃。《郑笺》："见弃（而）与其君子别离。"条啸（xiào），长啸。《集传》："悲恨之深，不止于叹矣。"

4　淑，善。《国语·楚语下》："其为人也，展而不信，爱而不仁，诈而不智，毅而不勇，直而不衷，周而不淑。"漓，浇薄。

5　修，干燥，干缩。

6　艰难，困苦。《郑笺》："自伤遇君子之穷厄。"苏轼《贺欧阳》："功存社稷而人不知，躬履艰难而节乃见。"溏，稀泥。

7　暵其二句，《集传》："暵湿者，旱甚则草之生于湿者亦不免也。何嗟及矣，言事已至此，未如之何，穷之甚也。"

绵 绵 [1]

绵 绵 葛 藟
在 河 之 漘 [2]
终 忘 恩 义
谓 他 人 婚
谓 他 人 婚
亦 莫 我 闻 [3]

绵 绵 葛 藟
在 河 之 浒 [4]
终 忘 道 义
谓 他 人 父
谓 他 人 父
亦 莫 我 顾
谓 婚 谓 父
觑 利 是 图 [5]

1 见《王风·葛藟》。

2 绵绵,连绵。《毛传》:"长不绝之貌。"藟(lěi),
  藤。漘(chún),水边。

3 闻,通"问",恤问,关怀。

4 浒,水边。

5 觑(qù),窥伺。

108

叔也[1]

朝无人
岂无人
不如叔也
市无饮
岂无饮
不如叔也
野无马
岂无马
不如叔也
于朝于市
叔适于野[2]
洵美且武
卬之叇叇
即之滂沱[3]

1　见《郑风·叔于田》。

2　适，归从，悦乐。《左传·昭公十五年》："如恶不惩，民知所适，事无不济。"张宇《云溪秋泛图》："胡为厌山瞰芳渚，岸草汀花适幽趣。"魏源《天台纪游》之六："万里水云身，到此甫一适。"

3　卬，通"仰"，脸朝上看。《大雅·云汉》："瞻仰昊天，云如何里。"叇叇（ài dài），云盛貌。潘尼《逸民吟》："朝云叇叇，行露未晞。"卞思义《溪山春雨图》："云林叇叇春日低，小桥流水行人稀。"滂沱，雨大貌。孙华《大雨行海淀道中》："何况连宵旦，滂沱泻惊瀑。"

有车[1]

有车邻邻

有马白颠[2]

未见君子

寺人令前[3]

阪有漆兮

隰有栗兮[4]

既见君子

并坐鼓瑟[5]

阪有桑兮

隰有杨兮

既醉君子

果圭呈璋[6]

今者不乐

其耋其亡[7]

1 见《秦风·车邻》。

2 邻邻,通"辚辚"。《毛传》:"众车声也。"颠,头顶。《集传》:"白颠,额有白毛。"

3 寺人,宫臣。

4 阪有两句,言山坡布满漆树,洼地生长栗树。

5 鼓,弹奏。

6 圭璋,玉中之贵也,喻高贵的品德。陶潜《赠长沙公》:"谐气冬暄,映怀圭璋。"苏轼《答曾学士启》:"而况圭璋之质,近生阀阅之家,固宜首膺痽痒之求,于以助成肃雍之化。"果呈,裸裎去衣者也。按:果圭呈璋四字交错,贵质本色也。

7 耋(dié),七八十岁的年纪。

110

溯风[1]

如彼溯风，尔孔之优[2]。
民有肃心，茀云不逮[3]。
哀恫中国，具贅卒荒[4]。
维此言人，瞻言万世[5]。
维彼愚夫，覆殇以喜[6]。
维彼不顺，愎独俾臧[7]。
自有肺肠，俾民率狂[8]。

1 见《大雅·桑柔》。

2 溯（sù）风，逆风。《郑笺》："今王之为政，见之使人唈然如乡疾风，不能息也。"优（ài），气促，窒息。

3 肃心，上进，雄心。茀（pēng），使。不逮，未能如愿。

4 恫（tōng），痛，悲伤。中国，国中。贅，连属，接连发生。

5 言，语词。

6 覆，反而。

7 不顺，不仁之君。愎（bì），任性，执拗。《左传·哀公二十六年》："君愎而虐，少待之，必毒于民，乃睦于子矣。"俾臧，自以为良好。

8 肺肠，犹心肠。俾，使。率，一概，都。狂，迷惑。《郑笺》："行其心中之所欲，乃使民尽迷惑也。"

君门 [1]

君门有棘
谁以斯之 [2]
室也不良
见而知之 [3]
知之不已
谁昔然哉 [4]
君门有枯
鸱鸮萃之 [5]
室也不良
课以讯之 [6]
讯予不顾
颠倒思予 [7]
谁侜予美 [8]
辜负负辜

1 见《陈风·墓门》。

2 棘，酸枣树。斯，析，劈。

3 室，王朝。见而知之，指同时代的事，以别于后代对前事"闻而知之"。

4 已，节制。谁昔然哉，与前者同。《集传》："谁昔，昔也，犹言畴昔也。"

5 鸱鸮（chī xiāo），鹞鹰，喙尖如锥，茅莠为窠，攫鸟子而食者。萃，鸟落枝上，《毛传》："萃，集也。"

6 课，检验。《管子·七法》："成器不课不用，不试不藏。"讯，劝谏，警告。

7 予不顾，不顾予。颠倒，因爱慕而入迷。《集传》："狼狈之状。"

8 侜（zhōu），欺诳，蒙蔽。《郑笺》："谁侜张诳欺我所美之人乎。"

昔之[1]

昔之居兮
夏屋渠渠[2]
今也无瓦
不承权舆[3]
昔之食兮
八簋济济[4]
今也寥寥
不承权第
昔祖丧兮
麻衣如雪
今也漂摇
不成窀穸[5]
之口卒瘏
未有巢室[6]

1 见《秦风·权舆》等。

2 夏屋，高大之屋。渠渠，深广貌。

3 权舆，草木萌芽，指初始。承，继续。

4 簋（guǐ），古代宴享时盛黍稷稻粱等的器皿。周制，天子八簋。济济，众多貌。

5 漂摇，同"飘摇"。窀（zhūn），厚也。穸（xī），夜也。窀穸，长夜，犹埋葬也。

6 卒，通"瘁"，劳累致病。瘏，病忧。巢，简陋的住处。李白《忆旧游》："余既还山寻故巢，君亦归家度渭桥。"

芃芃[1]

芃芃棫朴
薪之槱之[2]
济济辟王
左右趣之[3]
济济辟王
左右奉璋[4]
王裸圭瓚
亚裸璋瓚[5]
奉璋峨峨
髦子攸宜[6]
倬彼云汉
为章于天[7]
髦子攸宜
独从于迈[8]

[1] 见《大雅·棫朴》。

[2] 芃芃（péng），草木茂盛。棫（yù）朴，皆丛生小树名。薪，动词，砍柴。槱（yóu），堆起，积柴待干而用之。

[3] 济济，仪容庄敬。《集传》："容貌之美也。"辟（bì）王，君王。左右，辅佐之人。趣（cù），奔附。

[4] 奉璋，捧玉以祭。

[5] 圭瓚、璋瓚，两种玉制酒器，状如勺，用于祭祀。《礼记·祭统》："君执圭瓚裸尸，大宗执璋瓚亚裸。"郑玄注："圭瓚、璋瓚，裸器也，以圭璋为柄。"

[6] 峨峨，庄严貌。髦子，英俊之士。攸宜，所应当。

[7] 倬（zhuō），广大，光明。云汉，天河。章，纹理，文章。

[8] 迈，流亡而远行。

击壤[1]

相彼泠泉
时浚时涸[2]
月日构祸
怡然能穀[3]
滔滔大洋
外域之纪[4]
尽瘁以艺
事必我济[5]
维鹑维鸢
翰飞戾天[6]
维鳣维鲔
潜鳞于渊[7]
击壤异邦
临流开颜[8]

1 见《小雅·四月》。

2 泠（líng），清凉，冷清。王珣《琴赞》："如彼清风，泠焉经林。"陆机《招隐》之二："山溜何泠泠，飞泉漱鸣玉。"浚（jùn），流水上下落差大。《小雅·小弁》："莫高匪山，莫浚匪泉。"蔡邕《故太尉乔公庙碑》："如渊之浚，如山之嵩。"

3 构，遇到，遭受。穀，生，活着。

4 纪，纲纪，条理。

5 尽瘁，憔悴。济，渡。

6 鹑（tuán），雕。鸢（yuān），鹰。翰飞，振翅高飞。戾，至。

7 鳣（zhān）、鲔（wěi），皆大鱼名。潜鳞于渊，李东阳《与顾天锡夜话》："潜鳞自足波涛地，别马长怀秣秣心。"

8 击壤，击壤歌。王充《论衡·艺增》："击壤昔曰：'吾日出而作，日入而息，凿井而饮，耕田而食；尧何等力。'"临流，面对流川。曹植《朔风》："临川慕思，何为泛舟。"

束薪[1]

扬 之 水
不 流 束 薪 [2]
终 及 兄 弟
维 汝 与 予
无 计 人 言
人 实 疾 汝 [3]

扬 之 水
不 流 束 薪
终 成 兄 弟
维 予 二 人
无 忌 人 言
人 实 妒 汝

束 薪 束 薪
扬 水 不 流

1 见《王风·扬之水》。

2 扬,激流貌。流,漂流。《郑笺》:"激扬之
　水至湍迅,而不能流移束薪。"

3 疾,通"嫉",妒恨。

駉駉[1]

駉駉牡马
在坰之野[2]
有驈有皇
有骓有駓[3]
有驒有骆
有駵有骐[4]
思无疆
思无期
思无斁[5]
薄言駉者
以车祛祛[6]
思无邪
异马斯臧
奇材唐荒[7]

1　见《鲁颂·駉》。

2　駉駉 (jiōng)，马壮硕。《毛传》："良马腹干肥张也。" 坰 (jiōng)，远野也。

3　驈(yù)，黑马白胯者。皇，黄白色马。骓(zhuī)，苍白杂毛马。駓 (pī)，黄白杂色马。

4　驒(tuó)，青黑鳞状花纹马。骆，黑色尾、鬃的白马。駵，赤黄色马。

5　思无疆，思虑深微，无有止境。思无期，思虑远长，无有限期。思无斁 (dù)，思虑详审，无有厌倦。

6　薄言，语词。祛祛 (qū)，良马其行迅疾也。

7　唐荒，即荒唐，漫无边际也。

扣槃[1]

扣　槃　在　涧
硕　木　之　宽 [2]
拥　寤　寐　言
之　矢　弗　谖 [3]
扣　槃　在　阿
硕　木　之　迣 [4]
拥　寤　寐　哺
之　矢　弗　过 [5]
扣　槃　在　陆
硕　木　之　轴 [6]
拥　寤　寐　比
之　矢　弗　替 [7]
撢　掞　挺　挏
隆　勃　始　终

1　见《卫风·考槃》。

2　扣槃，鼓盆拊缶之乐，一说避世隐居。宽，宽广也。

3　寤,睡醒。寐,睡着。矢,通"誓"。谖 (xuān)，忘记。

4　阿，山坡。《毛传》："曲陵曰阿。"迣 (kē)，宽大，引申为快活宽舒。

5　过，遗忘。

6　陆，高平之地。轴，盘桓之处。

7　替，舍弃。

淇奥[1]

瞻彼淇奥
绿竹青青[2]
有斐君子
充耳琇莹
会弁如星[3]
瑟兮僩兮
赫兮咺兮[4]
宽兮绰兮
若重较兮[5]
善戏谑兮
不为虐兮[6]
淇奥淇奥
绿竹猗猗
清飔偲偲[7]

1 见《卫风·淇奥》。

2 奥(yù)，通"澳"，水边深曲之处。青青，通"菁菁"。《毛传》："茂盛貌。"

3 斐，有文采。充耳，冠冕两侧以丝悬玉，下垂至耳，以塞耳避听。琇(xiù)莹，美石也。会弁(biàn)，帽缝饰玉，状如星也。

4 瑟，矜庄。僩，威严。赫，光明。咺(xuān)，坦荡。

5 宽，能容众。绰，缓也。重较(chóng jué)，(车厢)两侧扶手。

6 虐，伤害。

7 猗猗(yī)，柔弱下垂貌。《集传》："始生柔弱而美盛也。" 飔(sī)，小风。偲偲(tí)，美好而安舒。

防有[1]

防 有 鹊 巢
邛 有 旨 苕 [2]
中 唐 有 甓
邛 有 旨 鹝 [3]
谁 侜 予 美
心 焉 惕 惕 [4]
夫 也 不 良
歌 以 讯 之
讯 予 不 顾
颠 倒 思 予 [5]
知 而 不 已
谁 昔 然 矣
心 焉 忉 忉 [6]
门 棘 斧 之

1 见《陈风·防有鹊巢》等。
2 防，堤岸。邛（qióng），土坡。旨，美也。苕（tiáo），紫云英。
3 唐，堂前或宗庙内的大路。中唐，即庭中之路。
4 惕惕，忧劳。
5 讯，劝谏，警告。予不顾，不顾予。颠倒，因爱慕而入迷。《集传》："狼狈之状。"
6 忉忉（dāo），忧虑。

在怀[1]

彼泽之陂
风摇萑蒲[2]
有子洵美
伤如之何[3]
彼泽之陂
风拂蕙茝[4]
瘣寐无为
中心悁悁[5]
彼泽之陂
风举菡萏[6]
彼美人兮
且卷且俨[7]
且释且欤
嗫嚅在怀[8]

1 见《陈风·泽陂》。

2 泽，水塘。陂（bēi），堤岸。风摇，萑蒲高而风以摇。陆游《秋景》："雨泣苹花老，风摇稗穗长。"萑（huán），芦苇长穗者。蒲，水草，茎可制席。

3 伤，思念，忧思。

4 风拂，蕙茝幽而风以拂。

5 悁悁（yuān），郁冈。《毛传》："犹悒悒也。"

6 风举，菡萏孤而风以举。周邦彦《苏幕遮》："叶上初阳干宿雨，水面清圆，一一风荷举。"

7 卷，通"婘"，美好。俨（yǎn），端庄。

8 释，通"怿"，喜悦。欤，通"煦"，风暖。嵇康《琴赋》："其康乐者闻之，则欤愉欢欣释。"嗫嚅，窃窃私语貌。

丧乱[1]

丧乱既平　　　既绥且宁[2]
伣貌王相　　　正直是兴[3]
傧尔笾豆　　　饮酒之饫[4]
恺悌既具　　　和乐且煦[5]
偒偒翕翕　　　如调瑟琴[6]
恺悌既醓　　　和乐且臻[7]
神之听之　　　萃则于纯

1 见《小雅·常棣》。

2 绥，安也。

3 伣（xiàn），勇猛貌。正直，公正无私，刚直
坦率。《书·洪范》："无反无侧，王道正直。"
苏轼《海市》："自言正直动山鬼，岂知造物
哀龙钟。"

4 傧（bīn），陈列。笾、豆，竹、木两种高脚食具。
饫（yù），满足。

5 恺悌，和乐平易。具，俱。煦（xù），和悦。

6 偒偒（yì），力耕貌。《庄子·天地》："偒偒
乎耕而不顾。"翕翕，开合貌。梅尧臣《寄
永叔》："夏日永以静，渴鸟方在枝。张口不
能言，翕翕两翅披。"瑟琴，瑟琴音谐，以
喻合好。潘岳《夏侯常侍诔》："子之友悌，
和如瑟琴。"

7 醓（tiān），吐舌貌。韩愈《喜侯喜至赠张籍
张彻》："杂作承间骋，交惊舌互醓。"臻，
达到极点。

鹿鸣 [1]

呦呦鹿鸣
食野之苹 [2]
我有佳士
鼓瑟吹笙 [3]
呦呦鹿鸣
食野之蒿
德音孔昭
君子是效 [4]
呦呦鹿鸣
食野之芩 [5]
式燕以敖 [6]
悦武眉心
鸣鹿入林
鹿亦有牲 [7]

1 见《小雅·鹿鸣》。

2 呦呦（yōu），鹿鸣声。苹，艾蒿。

3 佳士，品才卓异的人。《二十四品·典雅》："玉壶买春，赏雨茆屋。坐中佳士，左右修竹。"鼓，敲击或弹奏。

4 孔，甚。昭，明晓。是效，可法效也。

5 芩（qín），蒿类植物。

6 式，助词，表劝诱。燕，通"宴"。敖，游乐。眉心，双眉之间。白居易《春词》："低花树映小妆楼，春入眉心两点愁。"

7 牲（shēn），众多貌。《大雅·桑柔》："瞻彼中林，牲牲其鹿。"

有頍[1]

有 頍 者 弁
实 维 何 期 [2]
尔 酒 既 旨
尔 肴 既 时 [3]
岂 伊 异 人
兄 弟 匪 他 [4]
匪 茑 匪 萝 [5]
维 柏 维 松
伫 候 君 子
心 如 悬 钟 [6]
击 目 君 子
洪 澈 五 中 [7]
今 夕 尽 欢
发 肤 相 奉 [8]

1 见《小雅·頍弁》。

2 有頍（kuǐ），举头戴帽。弁（biàn），贵族戴的皮帽。实，这样。期（jì），语尾助词。

3 时，得时，美好。

4 伊，是。匪他，非他人。

5 茑（niǎo）、萝，皆攀缘植物。维，语词。

6 伫候，肃立敬候。按：室如悬磬谓容空，心如悬钟谓心传。

7 击目，目击也。五中，五脏，亦指内心。

8 发肤，借指身体。《国语·齐语》："沾体涂足，暴其发肤。"

遵云[1]

遵云路兮
掺子之祛[2]
无恶我兮
不寁故也[3]
遵云路兮
掺子之手
无魗我兮
不寁好也[4]
觳则异国
则心同一[5]
岂不尔致
谋挈子奔[6]
谓予不信
载日以明[7]

1 见《郑风·遵大路》等。

2 遵，沿着，循。云路，遥远的路程。钱起《登复州南楼》："故人云路隔，何处寄瑶华。"李子中《赏花时》："一自阳台云路杳，玉簪折难觅鸾胶。"掺(shǎn)，揽住。祛(qū)，衣袂。

3 恶(wù)，厌倦。寁(jié)，速，骤然。故，故交。《集传》："故旧不可以遽绝也。"

4 魗，同"丑"。好，情好。

5 觳，活着，生。同一，合一。

6 不尔致，不致尔也。挈(qiè)，携，带。

7 谓，认为。载，戈矛合一的兵器，此指刺击。

终识[1]

绵 绵 葛 藟

在 河 之 浒[2]

终 识 兄 弟

倾 盖 相 顾[3]

绵 绵 葛 藟

在 河 之 涘[4]

终 得 兄 弟

倾 心 相 许[5]

绵 绵 葛 藟

在 河 之 漘[6]

终 乐 兄 弟

倾 身 相 成[7]

怀 哉 怀 哉

辟 世 之 亲[8]

1　见《王风·葛藟》。

2　绵绵，连绵。《集传》："长而不绝之貌。"浒，
　　水边。

3　终，既。倾盖，道行相遇，并车对语，两盖
　　相切也。《史记·鲁仲连邹阳列传》："白头
　　如新，倾盖相故，何则？知与不知也。"

4　涘（sì），水边。

5　倾心，向往，仰慕。庾肩吾《有所思行》："怅
　　望情无极，倾心还自伤。"

6　漘（chún），水边。

7　倾身，恭顺尽心。《后汉书·隗嚣传》："谦
　　恭爱士，倾身引接。"

8　辟世，避世。《论语·宪问》："贤者辟世，
　　其次辟地，其次辟色，其次辟言。"

炰烋[1]

炰烋既缉

敛怨为德[2]

拒背拒侧

维权专摄[3]

莫止莫从

靡明靡晦

式号式呼

俾夜作昼[4]

国事蜩螗

人心沸羹[5]

小大近丧

尚乎由行[6]

内奰中国

覃及四方[7]

1　见《大雅·荡》。

2　炰烋（páo xiāo），即咆哮。缉（qī），连续不断。敛怨为德，敛聚作怨之人以为有德而用之。

3　背、侧，指前后左右的公卿之臣。摄，追索。

4　止，仪容。明，白日。晦，夜晚。号呼，狂叫无止。俾，使。

5　蜩螗（tiáo táng），蝉（鸣）。沸羹，煮沸的汤羹。

6　小大，不同的诸侯国。近，几乎。丧，判离。尚，尚且。乎，于。由行，一意孤行。

7　奰（bì），怒。覃，蔓延。

英玉[1]

彼 淇 之 子

美 无 度

美 无 度

殊 异 乎 公 路 [2]

彼 淇 之 子

美 如 英

美 如 英

殊 异 乎 公 行 [3]

彼 淇 之 子

美 如 玉

美 如 玉

殊 异 乎 公 族 [4]

彼 汾 兮 一 方

彼 汾 兮 一 曲 [5]

1 见《魏风·汾沮洳》。

2 无度，无以言传。公路，职掌诸侯路
  车的官职。

3 英，花，玉。公行（háng），职掌诸侯
  兵车的官职。

4 公族，职掌诸侯宗教事务的官职。

5 汾，水名，出太原晋阳山西南，入河。
  方，西南方。曲，水流洄曲之处。

128

入彀[1]

抑抑威仪
维德之隅[2]
人亦有言
靡哲不愚[3]
庶人不愚
亦职维疾[4]
哲人之愚
亦维斯戾[5]
匪斯其戾
哲人愚愚
不愚于愚
庶人莫知
尽入其彀
哲人优优[6]

1　见《大雅·抑》。

2　抑抑，端庄严肃。维德之隅，密审于容仪者，德必严正也。隅，匹偶，相辅。

3　人，指古贤。哲，哲人，明智之人。

4　亦，助词，无实义。职，主要。疾，病，天赋所成也。

5　戾，反常，一说罪。《郑笺》："贤者而为愚，畏惧于罪也。"

6　彀（gòu），牢笼，圈套。优优，丰多美盛貌。《礼记·中庸》："优优大哉！礼仪三百，威仪三千。"

寿眉[1]

抑抑威仪
维德之隅
人亦有言
靡哲不愚
庶人之愚
亦职维疾
哲人之愚
亦维斯戾
匪斯其戾
彼亦饰愚[2]
百愚得穀
一智立诛[3]
哲人妄言
志在寿眉[4]

1 见《大雅·抑》
2 饰愚，以愚为饰。
3 穀，禄位，养。诛，芟除。
4 妄言，胡说。《庄子·齐物论》："予尝为女妄言之，女亦以妄听之。"寿眉，眉长者寿，故有此称。

无侣[1]

抑抑威仪
维德之隅
人亦有言
靡哲不愚
庶人之愚
亦职维疾
哲人之愚
亦维斯戾
匪斯其戾
中积箴言
淤不可泻[2]
阳维独縠
霠维一弃[3]
大哲无侣

1　见《大雅·抑》。

2　箴言，规谏劝诫之言。淤不可泻，言事少可以对人言。

3　縠，善。霠，同"阴"，与阳对文。

骍骍[1]

骍骍角弓
翩其反兮[2]
兄弟昏姻
无胥远兮[3]
此令兄弟
绰绰有裕[4]
不令兄弟
交相为瘉[5]
撢之捼之
绥绥佅佅[6]
挺之捅之
吷吷遽遽[7]
切肤切椎
纯以之粹

---

1 见《小雅·角弓》。

2 骍骍（xīng），弓调得好，张弛便易。角弓，两端施以牛角的硬弓。翩，通"偏"，弓向反面弯曲。《集传》："翩，反貌。弓之为物，张之则内向而来，弛之则外反而去。"

3 昏姻，亲戚。胥，相互。

4 令，善。绰，宽。裕，饶。有裕，给人宽裕而以有礼让。

5 瘉（yù），病苦，此指残害。

6 绥绥，舒行安适貌。《卫风·有狐》："有狐绥绥，在彼淇梁。"佅佅（pī），疾行有力貌。《鲁颂·駉》："有骓有駓，以车佅佅。"

7 吷吷（ào），叹词。遽遽（jù），急迫貌。宋玉《神女赋》："礼不遑迄，辞不及究。愿假须臾，神女称遽。"

反驹[1]

老马反驹[2]
不顾其后
如食宜伛
如酌孔取[3]
教猱升木
如涂涂附[4]
君子徽猷
小人与属[5]
雨雪瀌瀌
见睍曰消[6]
莫肯下遗
式居娄骄[7]
如蛮如髦
我是用忉[8]

1 见《小雅·角弓》。

2 驹（jū），少壮的骏马。

3 伛（yù），饱，满足。孔，多。

4 猱（náo），猿猴。升木，上树。涂（前），泥土。附，附着。

5 徽，美。猷（yóu），道。属（zhǔ），效从。《集传》："属，附也。"

6 雨雪，下雪。瀌瀌（biāo），雪大。《郑笺》："雨雪之盛瀌瀌然。"睍（xiàn），太阳光热。《毛传》："睍，日气也。"曰，语词。消，融化。

7 遗，顺从，柔顺貌。居，通"倨"，傲。娄（lǚ），通"屡"。

8 蛮，南族之谓。髦（máo），西南族之谓。忉（dāo），忧伤。《齐风·甫田》："无思远人，劳心忉忉。"

辖兮[1]

间 关 辖 兮
思 娈 季 兮[2]
匪 饥 匪 渴
畸 饥 畸 渴[3]
似 析 柞 薪
绿 叶 湑 湑[4]
鲜 我 觏 兮
我 心 写 兮[5]
之 屏 之 翰
百 事 为 宪[6]
知 载 知 难
福 褆 绥 艾[7]
忻 其 有 章
弼 以 成 文[8]

1 见《小雅·车辖》。

2 间关，车轮运转声。辖，车轮上的轴头铁。《集传》："无事则脱，行则设之。"娈，美好。季，少子。

3 畸，特别。

4 析，劈。湑湑（xǔ），茂密貌。

5 觏（gòu），遇见。写，倾写而悦乐。

6 屏、翰，喻重臣。《大雅·板》："大邦维屏，大宗维翰。"宪，典范，榜样。《书·蔡仲之命》："尔乃迈迹自身，克勤无怠，以垂宪乃后。"

7 戢（jí），收敛，止息。福褆，幸福安宁。绥，安抚，安享。《周南·樛木》："乐只君子，福履绥之。"艾，年长。

8 忻，心喜。韩愈《桃源图》："南宫先生忻得之，波涛入笔驱文辞。"弼，纠正，辅佐。

上天[1]

上天同云
雨雪雰雰
益之霡霂[2]
既优既渥
既沾既足[3]
鼓钟钦钦
鼓瑟鼓琴
笙磬同音[4]
以雅以南
雅二南二[5]
献酬交错
丰仪卒度[6]
笑言卒获
百媚攸酢[7]

1 见《小雅·信南山》等。

2 上天，冬日。《尔雅》："冬为上天。"同云，同为一色之云，将雪之状，亦作"彤云"。雰雰，纷纷也。益，加上。霡霂（mài mù），小雨。

3 优，充沛。渥，沾润。沾，浸湿。足，充足。

4 钦钦，钟声。同音，和调。《郑笺》："同音者，谓堂上堂下八音克谐。"

5 以，演奏。雅、南，两种乐器。雅二，大雅小雅。南二，周南召南。

6 献酬，敬酒。《郑笺》："酌宾为献，又自饮酌宾曰酬。"《史记·孔子世家》："献酬之礼毕……请奏四方之乐。"卒度，全部合乎法度。

7 获，得体。攸，于是。酢（zuò），回报。

觱沸[1]

觱沸槛泉
言采其俊[2]
眉武来朝
言观其擎
赤芾在股
邪幅在下[3]
匪绞匪纾
其情如泻[4]
泛泛南舟
绋缡维之[5]
饧饧眉武
揆之歆之[6]
悠哉游哉
亦是戾矣[7]

1 见《小雅·采菽》。

2 觱(bì)沸,泉水涌出貌。槛泉,水满溢之泉。俊(jùn),才智勇武过人者。

3 赤芾(fú),红色蔽膝。邪幅,裹腿。《郑笺》:"逼束其胫,自足至膝,故曰在下。"

4 绞,侮慢。纾,急缓。泻,涌动而急流。王安石《散发一扁舟》:"秋水泻明河,迢迢藕花底。"

5 泛泛,飘流貌。绋缡(fú lí),绳索以系。

6 饧(xíng),眼半开合,蒙眬黏滞貌。揆(kuí),揣度。《汉书·董仲舒传》:"上揆之天道,下质诸人情。"歆(xī),吸吞。

7 戾,至,极。

傅天 [1]

有菀者木
维尚息焉 [2]
木纡无蹈
绥自昵焉 [3]
俾子靖之
后舒极焉 [4]
有莞者木
维尚愒焉 [5]
木纡无蹈
琤自玩焉 [6]
俾子贡之
后恣迈焉 [7]
比翼高飞
天外傅天 [8]

1 见《小雅·菀柳》。

2 菀(yù)，茂盛。魏应璩《与从弟苗君胄书》："逍遥陂塘之上，吟咏菀柳之下。"尚，庶几。

3 蹈，变乱无常。《正义》："蹈是践履之名，可以蹈善，亦可以蹈恶，故为动。"昵，亲近。

4 靖，安定。极，通"殛"，诛罚，放逐。

5 愒(qì)，休息。

6 琤，安。《后汉书·崔骃传》："琤潜思于至赜兮，骋六经之奥府。"玩，钻研，修炼。嵇康《琴赋》序："余少好音声，长而玩之。"

7 迈，厉，恶虐。

8 傅，靠近，附着。

娈兮[1]

婉兮娈兮
总角丱兮[2]
十年未见
突而弁兮[3]
析新如何
匪锐不克
取子如何
匪荏不得[4]
既曰得止
卫之矻矻[5]
舞股选兮
射则贯兮[6]
其颐如玉
其腝如烙[7]

1　见《齐风·甫田》等。

2　婉、娈，美好可爱。《集传》："婉、娈，少好貌。"总角，少年将头发分束两端，如羊角。丱(guàn)，两髻对称竖起。《毛传》："丱，幼稚也。"

3　弁(biàn)，冠，戴冠。男子二十为成年，行冠礼。

4　析新，析薪。取子，娶子。荏，柔弱，怯弱。刘向《说苑·杂言》："阙而不荏者，君子比勇焉。"

5　止，语词。矻矻(kū)，勤劳不懈貌。张简《醉樵歌》："两肩矻矻何所负？青松一枝悬酒瓢。"

6　选，有节奏。贯，射中。

7　颐，下颔。韩愈《送侯参谋赴河中幕》："君颐始生须，我齿清如冰。"腝(wěn)，嘴唇，相合。白居易《无可奈何歌》："静则腝然与阴合迹，动则浩然与阳同波。"

王事[1]

王事敦适，正事埤益[2]。
我入自外，国人遍谪[3]。
我已焉哉，事亦天职[4]。
自出国门，忧心殷殷[5]。
终窭且贫，莫道蹇辛[6]。
慭彼泉溪，亦流于淇。
有怀淇水，廓然心霁[7]。

1　见《邶风·北门》。

2　敦，教促。适，督责。埤（pí），增益。

3　谪，指摘，责备。

4　天职，上天的安排。《荀子·天论》："不为而成，不求而得，夫是之谓天职。"

5　殷殷，隐然痛也。

6　窭（jù）、贫，《毛传》："窭者，无礼也；贫者，困于财。"蹇（jiǎn），困厄。《易·蹇》："蹇，难也，险在前也。"

7　慭，通"泌"，泉水涌流貌。《集传》："泉始出之貌。"廓然，阻滞尽除貌。高启《评史六篇》："廓然而云销，涣然而冰释。"霁（jì），雨止天晴。王昌龄《何九于客舍集》："山月空霁时，江明高楼晓。"

朝陟 [1]

朝陟于西
终朝其雨 [2]
之子成行
不负佳期 [3]
螮蛛在东
七色横空 [4]
之子成奔
昔之所钟 [5]
乃如之人
大有信节 [6]
揆之于木
椅桐梓漆 [7]
以作琴瑟
卜云臧吉 [8]

1　见《鄘风·螮蛛》等。

2　陟 (jǐ)，虹。终朝，从旦至食时。

3　佳期，约会的日期。梁武帝《七夕》："妙会非绮节，佳期乃良年。"

4　螮蛛(dì dòng)，虹，有龙蛇之象。七色，多色。江淹《构象台词》："云八重兮七色，山十影兮九形。"横空，横越天空。陆游《醉中作》："却骑黄鹤横空去，今夕垂虹醉月明。"

5　奔，相恋之人私自结合。钟，汇聚，集中。《世说新语》："圣人忘情，最下不及情；情之所钟，正在我辈。"

6　信节，忠贞。顾况《瑶草春》："执心轻子都，信节冠秋胡。"

7　揆，度量。椅、桐、梓、漆，皆树名，其木可制琴瑟。

8　卜云，卦辞所言。臧，好。

贪乱 [1]

潝潝訿訿，亦孔之哀。[2]
谋之其臧，则具是违。
谋之不臧，则具是依。[3]
维此哲人，瞻言百世。[4]
维彼疵人，覆狂以喜。[5]
匪不能言，转背詈诼。[6]
民之贪乱，宁为荼毒。

1　见《小雅·小旻》。

2　潝潝(xī)，彼此附和。訿訿(zǐ)，诋毁，毁谤。亦孔之哀，实在很可怕。

3　谋之四句，言善者则违之，其不善者则从之。

4　瞻言，有远见的言论。《大雅·桑柔》："维此圣人，瞻言百里。"

5　疵人，祸害之人。覆，反而。

6　转背，转身间，喻时间短促。李白《赠宣城太守》："回旋若流光，转背落双戈鸢。"詈(lì)，骂责。孟郊《秋怀》十五："詈言不见血，杀人何纷纷。"诼，毁谤。《离骚》："众女嫉余之蛾眉兮，谣诼谓余以善淫。"

鸠鸣[1]

宛彼鸠鸣
翰飞入云[2]
我心退思
念念故情[3]
不寐有怀
畴昔二人[4]
人之齐圣
如酒克温[5]
彼愚无知
壹醉日纷[6]
至性敬仪
不又天禀[7]
良稚然知
式穀循循[8]

1　见《小雅·小宛》。

2　宛彼，宛宛，小的样子。翰飞，振翅高飞。《集传》："翰，羽。"

3　念念，心念接着心念。《颜氏家训·归心》："若有天眼，鉴其念念随灭，生生不断，岂可不怖畏邪。"

4　畴昔，往日。李白《赠从弟南平太守之遥》："一朝谢病游江海，畴昔相知几人在？"

5　克，能。温，温和恭敬。《郑笺》："饮酒虽醉，犹能温藉自持以胜。"

6　壹（yī）醉，为醉。壹，专门。

7　敬，谨慎。仪，行为。又，佑助。《周易·无妄》："天命不佑。"

8　良知，先天具有的德识。《孟子·尽心上》："人之所不学而能者，其良能也；所不虑而知者，其良知也。"式，以，用。穀，善道。《集传》："教诲尔子，则用善而似之可也。"

柳斯 [1]

菀有柳斯，鸣蜩嘒嘒 [2]。
有淮者渊，崔苇湤湤 [3]。
譬我流木，久莫如届 [4]。
乃有狂雉，缘木以栖 [5]。
日照东丽，风雨西啼。
天之生我，维辰奏吉 [6]。
苍苍秉意，诡不可测 [7]。

1　见《小雅·小弁》。

2　嘒嘒（huì），象声词。

3　淮（cuǐ），水深貌。崔苇，芦苇。湤湤（pī），茂盛貌。

4　譬，比喻。届，至，到。

5　狂（gòng），腾空。赵翼《飓风歌》："可怜鹳鹊亦不飞，恐被狂出青天外。"栖，禽鸟歇宿。左思《咏史》："巢林栖一枝，可为达士模。"

6　辰，时运。

7　苍苍，指天。苏曼殊《天涯红泪记》："然吾今生虽抢百忧……唯苍苍者知吾心事耳。"秉意，执意。诡，奇谲变幻。

为猷[1]

哀哉为猷
匪民是程
匪大是经[2]
迩言厥听
迩言厥争[3]
与道谋室
曷克于成[4]
国虽靡止
或圣或否[5]
民虽阢阢
或哲或谋
或肃或艾[6]
譬如横流
沦胥以败[7]

1　见《小雅·小旻》。

2　猷，方略。程，效法。经，依据。

3　迩言，浅近低劣之词。争，争论。《集传》："其所听而争者，皆浅末之言。"

4　道，道行之士。室，筑室之法。《集传》："如将筑室而与行道之人谋之，人人得为异论，其能有成也哉？"

5　靡止，不大。止，极，大。圣，达理。《集传》："圣，通明也。"

6　阢阢（wǔ），众多，肥沃。《大雅·锦》："周原阢阢，堇荼如饴。"或哲或谋，有明哲者，有聪谋者。或肃或艾（yi），有恭肃者，有治理者。

7　横流，水不循道而泛滥。孔融《荐祢衡表》："洪水横流，帝思俾乂。"曾灿《舟次》："一叶信如此，横流何处安。"沦胥，率皆。

棠棠 [1]

棠棠者淇
其髦湑兮 [2]
我覯之子
我心写兮
是以有誉 [3]
棠棠者淇
其鬓紫兮
我覯之子
维其有之
是以似之 [4]
维其有至
是以矢之
维其素雪
是以睢恣 [5]

1 见《小雅·裳裳者华》。

2 棠棠，鲜明美盛貌。髦，少年额前的垂发。湑（xǔ），茂盛貌。

3 覯，遇见。写，畅快。誉，通"豫"，安乐。

4 似，通"嗣"，继承。

5 素雪，白雪。司马相如《美人赋》："流风冽惨，素雪飘零。"曹植《朔风》："今我旋止，素雪云飞。"睢恣，即恣睢，纵心肆志也。《楚辞·远游》："欲度世以忘归兮，意恣睢以担挢。"

淞江 [1]

瞻彼淞江
维水黄黄
之子属兮
鞞琫有光 [2]
思子年年
结庐在望
瞻彼吴流
维波浍浍 [3]
之子入怀
艳福聚酬
思子岁岁
结庐在猷
乃宣乃亩 [4]
百事运筹

1　见《小雅·瞻彼洛矣》。

2　属（zhǔ），依附。鞞琫（bǐ běng），刀鞘上的饰物。《毛传》："（刀鞘）下曰鞞，上曰琫。"

3　浍（huì），水波纹。浍浍，水波的声响。

4　宣，疏通沟渠。《集传》："导其沟洫也。"亩，整理田垄。《集传》："治其田畴也。"

醉 止[1]

宾既醉止
载号载呶[2]
乱我笾豆
屡舞傲傲[3]
是曰既醉
不知其邮[4]
侧弁之俄
屡舞傞傞[5]
醉而不出
是谓伐德[6]
惟子之醉
温温抑抑[7]
令仪孔嘉
与我同秩[8]

1　见《小雅·宾之初筵》。

2　止，语词。号（háo），叫喊。呶（náo），喧哗。

3　笾（biān），祭、饮所用的竹制高足食器。《集传》："笾，竹豆也。豆，木豆也。"傲傲（qī），醉舞貌。

4　邮，通"尤"，过失。

5　侧弁（biàn），歪戴帽子。俄，倾斜貌。傞傞（suō），醉舞不止。

6　伐德，有失德行。

7　温温，温柔而和气。《郑笺》："柔和也。"抑抑，优雅而谨重。《毛传》："慎密也，美也。"

8　孔，很。秩，身份。《毛传》："秩，常（规）也。"

鱼在[1]

鱼　在　在　藻

有　颁　其　首　[2]

予　在　在　故

岂　乐　饮　酒　[3]

鱼　在　在　藻

有　莘　其　尾　[4]

予　在　在　故

酒　饮　乐　岂

鱼　在　在　藻

依　于　其　蒲　[5]

予　在　在　故

有　那　其　居　[6]

颁　首　莘　尾

温　鉴　其　举

1　见《小雅·鱼藻》。

2　在（前），何在乎，悠然之貌。颁（fén），大头貌，鱼摇动其首。

3　岂（kǎi）乐，即恺乐，欢乐。

4　莘（shēn），长貌，鱼摆尾而行。

5　蒲，蒲草，水生，叶长而尖。

6　那（nuó），安舒。《郑笺》："那，安貌……其居处那然安也。"

采菽[1]

采菽采菽
筐之筥之[2]
雄子来朝
何锡饲之[3]
叔贤叔贤
任之侠之[4]
迎风扬眉
虽无予之[5]
路车骈骥
玄衮及黼[6]
及驰及骋
及纵及擒
迟擒若铸
倏纵若殒[7]

1　见《小雅·采菽》。

2　菽（shū），大豆，豆类植物。筐、筥（jǔ），皆为盛物的竹器，方曰筐，圆曰筥，此为盛装之意。

3　雄子，幼稚，雄者羽色美而尾长，性好伏，其子身小。杜甫《绝句漫兴》之七："笋根雉子无人见，水上凫雏傍母眠。"锡，赐。

4　贤，贤才。任侠，勇为之士。刘泽湘《过西山辟支生墓》："散尽千金交任侠，拼将一剑报恩仇。"

5　予（yǔ），赠与。

6　路车，贵族所乘的一种车。《郑笺》："人君之车曰'路车'。"骈骥，骏马并驾，《论语·宪问》："骥不称其力，称其德也。"衮（gǔn），五侯龙绣之服。《郑笺》："玄衮，玄衣而画以卷龙也。"黼（fǔ），黑白花纹的礼服。《集传》："黼如斧形，刺之于裳也。"

7　铸，熔炼而为器。《管子·任法》："犹金之在炉，恣冶之所以铸。"倏（shū），疾速。陶潜《饮酒》之三："一生复能几？倏如流电惊。"殒，毁亡，坠落。秦观《阮郎归》："无端银烛殒秋风，灵犀得暗通。"

蹑景 [1]

嗟 尔 孺 子
无 恒 安 处 [2]
靖 共 尔 位
正 直 是 与 [3]
嗟 尔 良 子
无 恒 安 浸 [4]
靖 共 尔 位
好 贮 艳 贞 [5]
大 哲 无 恒
易 易 为 恒
一 是 如 恒 [6]
不 祥 不 振
听 之 跃 之
追 光 蹑 景 [7]

1　见《小雅·小明》。

2　嗟，叹息声。安处，处之坦然安泰。

3　靖，敬。共，恭。与，亲近。《集传》："与，犹助也。"

4　浸，寝。

5　艳（jǐng），幽深。李华《寄赵七侍御》："玄猿啼深艳，白鹇戏葱蒙。"

6　易易，简易。《礼记·乡饮酒义》："吾观于乡，而知王道之易易也。"一是，一概，统一。

7　蹑景（niè yǐng），追逐日影，言其疾速。曹植《七启》："忽蹑景而轻骛，逸奔骥而超遗风。"嵇康《兄秀才公穆入军赠诗》："风驰电逝，蹑景追飞。"

权之[1]

权之罔极
职谅善背[2]
为民不利
如云不克[3]
民之回遹
职竞用力[4]
民之未戾
职盗为寇[5]
谅曰不可
覆背善詈[6]
虽曰非予
既作尔歌[7]
圭璧既尽
宁莫我听[8]

1 见《大雅·桑柔》。

2 罔极，无法度，不可测知。职，主。善背，背善的倒文。

3 不克，不胜，不尽。

4 回遹（yù），邪僻。职竞，专事竞逐之事。

5 未戾，不安分。盗、寇，指搜刮掠夺。

6 谅（liàng），恳切，诚恳。覆背，反背。詈（lì），骂。

7 既，依然。

8 圭、璧，礼神之玉。《周礼·考工记》："圭璧五寸，以祀日月星辰。"宁（nìng），竟然。

日益[1]

国 之 方 懠
无 为 夸 毗[2]
威 仪 卒 迷
善 人 载 尸[3]
民 之 方 呻
莫 谁 敢 揆[4]
丧 乱 蔑 资
莫 惠 众 庶[5]
民 之 多 辟
无 自 立 辟[6]
牖 民 孔 易
诚 信 立 极
如 敢 如 携
携 之 日 益[7]

1　见《大雅·板》。

2　懠（qí），愤怒。夸，过分。毗，附炎趋势。《毛传》："夸毗，体柔人也。"

3　威仪，指礼节。卒，全部。迷，丧失。载，则。尸，成为尸，比喻无所作为。《白虎通义》："失气亡神，形体独陈。"

4　揆，度量，考察。

5　蔑，无。惠，施恩。

6　辟（pì），邪僻。

7　牖，通"诱"，诱导。《集传》："牖，开明也，犹言天启其心也。"益，增益。

方 难 [1]

国 之 方 难
无 然 宪 宪 [2]
势 之 将 蹶
无 然 泄 泄 [3]
政 之 辑 矣
民 之 洽 矣 [4]
令 之 怿 矣
民 之 莫 矣 [5]
我 独 异 己
不 尔 同 槽
我 即 尔 谋
厥 听 嚣 嚣 [6]
先 人 有 言
询 于 刍 荛 [7]

1　见《大雅·板》。

2　无然，不要这样。宪宪，喜乐貌。《毛传》："犹欣欣也。"

3　蹶（guì），变动，动乱。《传疏》："蹶训动，犹扰乱也。"泄泄，通"呭呭"，多言之貌。《毛传》："犹沓沓也。"

4　辑，和顺。洽，和协。

5　怿（yì），败坏。莫，通"瘼"，疾苦。

6　即，往就。谋，商谈。嚣嚣（áo），傲慢。《集传》："自得不肯受言之貌。"

7　刍荛（chú ráo），樵夫。

嘒彼[1]

嘒　彼　小　星
三　五　在　东[2]
霜　霜　西　来
所　怀　实　丰
惟　命　是　从[3]
嘒　彼　小　星
维　参　与　昴[4]
霜　霜　中　宵
负　酒　馌　肴[5]
惟　命　是　召
夺　门　如　熛
解　衣　磐　礴[6]
袒　裼　凭　床
体　肤　炫　煌[7]

1　见《召南·小星》。

2　嘒（huì），清洁，光明。三五，《集传》："三五言其稀，盖初昏或将旦时也。"

3　霜（shū），快速貌。木华《海赋》："霜昱绝电，百色妖露。"命，礼命之数。《集传》："命，天所赋之分。"

4　参昴（shēn mǎo），参三星，昴五星。《集传》："参昴，西方二宿之名。"

5　馌（yè），往田野送饭。

6　熛（biāo），风迅疾貌。《司马相如列传》："倏眒凄浰，雷动熛至，星流霆击。"解衣磐礴，脱衣箕坐，意定神闲貌。

7　袒裼，脱去上衣或左袖。《礼记·内则》："不有敬事，不敢袒裼。"炫煌，显耀，闪耀。温庭筠《鸿胪寺四十韵》："飑滟荡碧波，炫煌迷横塘。"江淹《水上神女赋》："日炫煌以脱光，树葳蕤而葱粲。"

振鹭[1]

振鹭于飞
越彼西雝[2]
我客戾止
亦有斯容[3]
在彼有颂
在此有讽
夙夜匪懈
终难誉永[4]
大国是达
率履不越[5]
遂视既发
相土曰吉[6]
振鹭于旋
海外有截[7]

1 见《周颂·振鹭》等。
2 振鹭于飞,状振羽之容。雝(yōng),水泽。
3 戾,急至。止,语词。斯容,仪容雍容。
4 誉,有声誉。
5 率履,信步所之。不越,不逾矩。
6 遂视,遂心观看。发,施行。相土,卜辞之土。
7 截,斩而以齐,率服。

155

营营[1]

营营青蝇
止于榛
谗人罔极
构我二人[2]
营营青蝇
止于棘
谗人罔极
交乱四国[3]
营营青蝇
止于樊
恺悌君子[4]
无信谗言
谗阻于哲
哲人烹谗

1 见《小雅·青蝇》。

2 营营，喧嚣而乱听。《毛传》："往来飞貌。"罔，无。极，停止。何楷《古义》："罔极，谓阴险变幻，无所底极。人罔极，则其言亦罔极也。"构，罗织罪名陷害于人。《孔疏》："构者，构合两端，令二人彼此相嫌，交相惑乱。"

3 交，更迭，一个接一个。

4 樊，篱笆。恺悌，和乐平易。

胡逝[1]

彼何人斯
胡逝我梁[2]
不入我门
彼何人斯
胡逝我陈[3]
我闻其声
不见其身
彼何人斯
胡逝我井
只搅我心
尔还而入
我心易也[4]
还而不入
否难知也[5]

1 见《小雅·何人斯》。

2 逝，往。梁，桥。

3 陈，堂下至院门的通道。

4 易，平和而喜悦。

5 否难知，难知也。

壹者[1]

彼　何　人　斯

其　为　风　飘

胡　不　自　北

胡　不　自　南

尔　之　安　行

亦　不　遑　舍[2]

尔　之　亟　行

遑　脂　尔　车[3]

尔　还　而　入

我　心　易　也

还　而　不　入

否　难　知　也

壹　者　之　来

俾　我　祇　也[4]

1　见《小雅·何人斯》。

2　遑，闲暇。舍，休息。

3　脂，以脂膏涂车轴。

4　壹者，前次。《传疏》："壹者，犹言乃者。"祇
　　(qí)，通"疷"，忧病。

维昔[1]

维昔之富
不如时污[2]
维今之疚
不如此秽[3]
彼疏斯粺
胡不自替[4]
源之竭矣
不云自频[5]
泉之涸矣
不明自中[6]
溥斯害矣
不栽我躬[7]
我相此邦
无不溃痈[8]

1 见《大雅·召旻》。

2 不如，未尝若（是）。

3 疚，通"灾"，穷困，贫病。秽，荒芜。《韩诗外传》："政险失民，田秽稼恶。"

4 彼，指小人。疏，糙米。斯，指贤良。粺(bài)，精米。替，废弃。

5 云，语词。频，频取。

6 中，内里，源头。《毛传》："泉水从中以溢者也。"

7 溥斯，普遍。栽，降灾。古人灾与害并言。《郑笺》："栽，谓见诛伐。"我躬，危及自身。

8 溃痈，决破的脓疮。

159

人有 [1]

人 有 土 田

厥 反 没 之

人 有 生 权

厥 覆 夺 之

此 宜 无 妄 [2]

厥 亟 收 之

彼 宿 巨 慝 [3]

厥 迭 脱 之

贾 亦 三 倍 [4]

厥 利 百 之

舍 尔 阶 乱

维 予 胥 忌 [5]

人 之 云 亡

邦 国 殄 瘁 [6]

1 见《大雅·瞻印》。

2 宜，当。

3 巨慝 (tè)，大奸大恶之人。

4 贾 (gǔ)，做生意。

5 维，只。予胥忌，即胥忌予。胥，犹是。忌，猜怨。

6 云，语词。殄瘁，危困。

160

瞻卬[1]

瞻卬昊天，则不我惠。[2]
孔填不宁，降此大厉。[3]
邦靡有定，士民其瘵。[4]
蟊贼蟊疾，靡有夷届。[5]
罪罟不收，昏椓靡共。[6]
鞫人忮忒，谮始竟背。[7]
岂曰不极，伊胡为慝。[8]

1 见《大雅·瞻卬》。

2 卬，同"仰"，望。昊天，皇天。惠，怜惜，仁爱。

3 填（chén），古"尘"字，长久。《郑笺》："甚久矣，天下不安。"厉，恶，祸乱。

4 瘵（zhài），困苦。《毛传》："瘵，病也。"

5 蟊（máo），害苗之虫，喻恶人。蟊贼蟊疾，言害禾稼之虫，害禾稼之状。夷，语词。届，终止。

6 罪，捕鱼的竹网。罟（gǔ），网，比喻法网。《毛传》："罪罟，设罪以为罟。"昏椓，阉人。

7 鞫（jū），穷屈。忮（zhì），忌害。忒（tè），变诈。谮，进谗。背，反复。

8 极，限度。伊，语词。慝（tè），邪恶。

161

白圭[1]

白 圭 之 玷
尚 可 磨 也
斯 言 之 玷
不 可 为 也 [2]
视 尔 君 子
辑 柔 尔 颜
不 遐 有 愆 [3]
相 在 尔 室
不 愧 屋 漏 [4]
无 曰 不 显
莫 予 云 觏 [5]
神 之 格 思
不 可 度 思
矧 可 射 思 [6]

1　见《大雅·抑》。

2　圭，瑞玉也，上圆下方。玷，白玉上的斑点。《郑笺》："玉之缺，尚可磨锐而平。"为，治。《通释》："为亦摩也……不可为，犹言不可磨，变文以与磨为韵耳。"

3　辑，和悦。柔，顺从。遐，通"胡"，何。愆，过失。

4　相，譬若。屋漏，住室西北上开天窗，日光入室而称漏。不愧屋漏，言不于暗处行事。

5　云，语词。觏，见。

6　格，来到。思，语词。矧（shěn），况且。射，通"斁"(yì)，厌倦。

方虐[1]

世之方虐
无然嬉跃[2]
介人灌灌
小子跅跅[3]
匪夷言耄
尔用忧谑[4]
多将熇熇
不可救药
人亦有言
颠仆之揭[5]
枝叶未害
本实先拨
斯可殷鉴[6]
何求占卜

1 见《大雅·板》等。

2 无然，莫如此。

3 介人，善人，才德之士。灌灌，犹款款，情意恳切貌。小子，子弟，年轻人。跅跅(jué)，轻薄骄纵貌。

4 忧，通"优"，优谑，玩笑话。

5 熇熇 (hè)，火势炽盛。颠仆，倒下。揭，树根蹶起貌。

6 本，树木的根干。拨，通"败"，坏。殷鉴，殷商之鉴。

163

不肖[1]

维彼不肖
征以中垢[2]
贪夫败类
听言立对
诵言如醉
职凉善背[3]
维此价人
遵养时晦[4]
时纯熙矣
是用大备[5]
天龙受之
锡福以追[6]
罢钓于渭
以介眉寿[7]

1 见《大雅·桑柔》等。

2 中垢，不顺之人行不顺之事以得耻辱。《毛传》："中垢，言暗冥也。"

3 听言，顺耳之音。对，对答。诵言，谄媚之语。职，只。凉，不厚德也。

4 价（jiè）人，善人。《集传》："大德之人也。"遵，引道。时，以时。晦，韬晦。

5 时，时机。纯，广大。熙，光明。是，于是。

6 龙，同"宠"。锡，赐予。

7 介，助。

有客[1]

有客有客
亦白其马
有萋有且
敦琢其旅[2]
客不宿宿
客不信信[3]
言授之絷
岂絷其心
薄言追之
已徂西行[4]
维客匪客
其马天白
东无伯乐
西有乐伯

1　见《周颂·有客》。

2　亦，语词。白其马，其马白也。萋且，茂盛貌。《通释》："萋、且双声字，皆状其从者之盛。"敦琢，雕琢。旅，侣，从者。

3　宿宿，过夜。信信，再宿。

4　絷，绊马绳。徂（cú），往。

自度 [1]

自 度 其 心

貊 其 有 音 [2]

其 鉴 克 明

克 明 克 类 [3]

克 长 克 君

克 慈 克 亲 [4]

居 岐 之 阳

在 渭 之 将 [5]

不 闻 亦 式 [6]

有 欲 则 刚

比 若 古 仙

临 水 自 媚

高 卧 不 欠

诒 厥 孙 谋 [7]

1 见《大雅·皇矣》等。

2 度（duó），使有节度。《毛传》："心能制义曰度。"貊，通"莫"，清静。

3 克，能够。类，辨别善恶。

4 长，师长。君，人君。慈，仁爱。亲，和睦。《书·尧典》："克明俊德，以亲九族。"

5 岐（qí），岐山，今位陕西境内，周祖自豳迁居此地。将，旁，侧。

6 不，通"丕"，大。式，采用。

7 欠，身体略微抬起。诒，通"贻"，遗留。谋，宏图。

尊之[1]

尊之尊之
天维显思
无曰高高
陟降厥事[2]
日鉴在兹
维予小子
敬而仰止
日就月将[3]
缉熙光明
弘道仔肩
播厥德音[4]
惩毖后患
莫予苹蜂
不易者命[5]

1 见《周颂·敬之》等。

2 维，语词。显，明察。陟降厥事，升降之事在天。

3 日就月将，日月推移，日久月长。

4 缉熙，光明积渐扩大。仔肩，负担。德言，善言。

5 惩，警戒。《集传》："惩，有所伤而知戒也。"毖，谨慎。苹（píng）蜂，牵引扶持。易，变更。

屡盟[1]

君子屡盟
乱是用长[2]
君子信盗
乱是用暴[3]
盗言孔甘
乱是用餤[4]
匪其止共
维人之邛[5]
奕奕明堂
君子作止[6]
秩秩大猷
哲人莫之[7]
他人有心
予忖度之

1 见《小雅·巧言》。

2 是用，因此。

3 盗，诞虚之言。暴，猛烈。

4 餤（tán），进食，加剧。

5 止，通"职"，职位。共，通"供"，供职。邛（qióng），病害。

6 奕奕，壮观貌。《毛传》："奕奕，大貌。"作，兴建。

7 秩秩，宏伟貌。猷（yóu），谋略。《郑笺》："猷，道也。"莫，通"谟"，谋划。

犨息[1]

彼 都 有 子
狐 裘 黄 黄
其 容 不 改[2]
彼 都 有 子
台 笠 缁 撮
发 直 如 绸[3]
充 耳 琇 实
垂 带 而 厉
匪 垂 匪 直
带 则 有 余
发 则 有 旟[4]
既 我 觏 兮
从 我 裦 回
犨 息 入 怀[5]

1 见《小雅·都人士》。

2 都，国都。容，仪态。

3 台笠，莎草所制之笠。缁(zī)，玄色的绸或布。撮，固缁冠之物。绸，丝也。

4 琇（xiù），美石。实，美好。《通释》："《孟子》：'充实之谓美。'"厉，衣带下垂的装饰部分。《毛传》："厉，带之垂者。"旟（yú），旗的一种，此为扬起。

5 裦回，徘徊。犨（chōu）息，牛息声。

僩兮[1]

僩　兮　僩　兮
方　将　烈　舞[2]
夜　之　方　午
在　前　上　处
硕　人　俣　俣[3]
华　庭　烈　舞
有　力　如　虎
肱　股　如　锉[4]
山　有　栩
隰　有　芝
云　谁　之　思
西　方　美　僩
彼　美　僩　兮
西　方　之　人　兮

1　见《邶风·简兮》。

2　僩（xiàn），勇武貌。方将，正在。

3　俣俣（yǔ），魁伟之美。《毛传》："容貌大也。"

4　锉，磨擦。

170

桑扈[1]

交交桑扈
有莺其羽[2]
君子乐胥
得天之异[3]
交交桑扈
有莺其领
君子乐胥
万邦之屏[4]
之屏之翰
百辟为宪[5]
兕觥是觩
旨酒思柔[6]
尔姣尔敖[7]
从我如流

1 见《小雅·桑扈》。

2 桑扈（hù），青雀。莺羽，鸟羽有文采。《集疏》："形容羽领文章之美。"

3 胥，语词。异，特别优待。

4 屏，蔽也。《诗缉》："屏，塞门，所以蔽外也。"

5 之，此。翰（hàn），栋梁。百辟（bì），诸侯。宪，法则。

6 兕觥（sì gōng），形如兕的酒器。觩（qiú），弯曲貌。思，语词。

7 敖，谑浪貌。

白华

白 华 菅 兮
白 茅 束 兮
之 子 万 里
俾 我 独 兮
英 英 白 云
露 彼 菅 茅
天 步 维 难
之 子 乱 犹
有 扁 斯 石
履 之 卑 兮
念 子 懆 懆
视 我 迈 迈
之 子 无 良
二 三 其 罢

1 见《小雅·白华》。

2 菅(jiān),沤制的白华,可织席编筐。

3 英英,同"泱泱"。《集传》:"英英,轻明之貌。"露,普润万物。

4 天步,运命。犹,图谋。

5 扁,小貌,卑意。卑,低。

6 懆懆(cǎo),忧愁不安貌。迈迈,轻慢怒恨貌。

172

捷捷 [1]

捷捷幡幡 [2]
谋欲贪财
岂可尔欺
既其女迁 [3]
贪人好好
哲人草草 [4]
苍天苍天
视彼贪人
务此哲人 [5]
彼贪人者
谁适与谋
取彼谋妇
投畀豺虎 [6]
豺虎不食

1 见《小雅·巷伯》。

2 捷捷（qiè），附耳私语。《毛传》："口舌声。"幡幡（fān），反复无常。

3 既，不久。女，通"汝"。迁，放逐。

4 好好，喜悦貌。草草，忧愁貌。《毛传》："草草，劳心也。"

5 务，操劳。

6 适，往就。畀（bì），给予。

采绿[1]

终朝采绿
不盈一匊[2]
子发曲局
薄言归沐[3]
终朝采蓝
不盈一襜[4]
五日为期
六日不詹[5]
之子于狩
言韔其弓[6]
之子于钓
言纶之绳[7]
薄言观之
中心必之[8]

1 见《小雅·采绿》。
2 终朝，自天明至食时。绿，通"菉"，草名，即荩草，可染绿色。匊，同"掬"。
3 曲局，卷曲。薄皆言，语词。沐，洗发。
4 蓝，草名，即靛青，可染青色。襜（chān），衣前围裙。
5 詹，至，楚地方言。
6 韔（chàng），弓袋，弓人袋。
7 纶，缠结钓绳。
8 怭，信赖。

心之 [1]

心之忧矣　如或结之
今兹之人　胡然厉矣 [2]
终其永怀　又窘阴雨 [3]
其车既载　乃弃尔辅 [4]
载输尔载　将伯助予 [5]
无弃尔辅　员于尔辐 [6]
终逾绝险　曾是不属 [7]

1 见《小雅·正月》。

2 结，郁结，缠结。厉，暴虐。

3 终，既。永，长久。怀，忧伤。窘，为……所困。

4 辅，加固车轮的两根直木。

5 载（前），则。载（后），所载之物。输，坠落。将（qiāng），请。伯，同辈中之年长者。

6 员（yún），增加。辐，辐条。

7 逾（yú），越过。曾，怎能。是，指这种情况。

175

倬彼[1]

倬 彼 云 汉
为 章 于 天 [2]
王 者 寿 考
遐 不 作 人 [3]
瞻 彼 旱 麓
榛 楛 济 济 [4]
恺 悌 君 子
干 禄 恺 悌 [5]
追 琢 其 丧
金 玉 败 相 [6]
鸢 铩 鱼 腹
无 一 成 仁
王 延 寿 考
矢 不 作 人 [7]

1 见《大雅·棫朴》等。
2 章，文章，文采。
3 遐，何。作，培育，变旧造新。
4 旱，山名。麓，山脚。榛、楛（hù），皆木名。《集传》："榛似栗而小，楛似荆而赤。"
5 干，求。
6 追琢，指修养。《毛传》："追，雕也。金曰雕，玉曰琢。"相，本质。
7 铩（shā），剪羽，伤残。矢，誓。

大风[1]

大风有隧
有空大谷[2]
维此良孺
作为式榖[3]
维彼不顺
征以中垢[4]
大风有隧
贪人败类
听言则随
诵言如雠[5]
匪用其良
覆俾我悖[6]
既之荫汝
反予来赫[7]

1 见《大雅·桑柔》。

2 隧（sui），迅急。空，深。

3 式，用。榖，善。

4 征，行。中垢，内里污浊，心地丑恶。

5 听言，顺耳之言。诵言，讽谏之言。雠，同"仇"。

6 覆，反而。

7 荫，庇护。赫，威吓。

177

为慝[1]

哲夫成城，
狡妇倾城。
黠厥狡妇，
为枭为鸱，[2]
妇有长舌，
维厉之阶。[3]
乱匪自天，
生自妇人。
匪教匪诲，
时维妇寺。[4]
鞫人忮忒，
谮始竟背。[5]
岂曰不极，
伊胡为慝。[6]

1　见《大雅·瞻卬》。
2　成，成就。城，城墙，国家。枭（xiāo），不孝的恶鸟。鸱（chī），鹞鹰。
3　厉，祸乱。阶，梯，根源。
4　时，是。寺，近侍。
5　谮，进谗。始，欺骗。
6　慝，邪恶。

采葑[1]

采葑采葑
首阳之巅[2]
人之伪言
苟亦无信[3]
舍旃舍旃
苟亦无然[4]
胡得伪言
采菲采菲
首阳之奥[5]
人之伪言
苟亦有思
舍旃舍旃
苟亦有主
胡得伪言

1　见《唐风·采苓》。

2　葑，芜菁。首阳，山名，今山西永济县南。

3　苟，诚然。无信，不要相信。

4　旃（zhān），代词，指伪言。舍旃，置之不理。无然，不要以为是。

5　菲，芦菔。奥，山坳深曲之处。

有杕[1]

有 杕 之 杜
生 于 道 周 [2]
彼 君 子 兮
噬 肯 适 我 [3]
中 心 好 之
彼 君 子 兮
噬 肯 来 游
中 心 好 之
好 之 曰 结
岂 曰 无 衣
不 如 子 衣
粲 且 燠 兮
六 兮 七 兮 [4]
不 如 子 衣

1 见《唐风·有杕之杜》等。

2 杕（dì），树木挺立貌。杜，甘棠，棠梨。周，通"右"，一说隅曲，角落。

3 噬（shì），语词。肯，能。适，往来迎娶。

4 燠（yù），暖和。六、七，指六、七节衣，诸侯服饰的规制。

180

缁衣[1]

缁衣之宜
敝予又改[2]
适子之体
授子之崭[3]
缁衣之好
敝予又造
适子之体
授子之葆[4]
缁衣之席[5]
敝予又叠
适子之体
授子之熨
心如缁衣
惟之子体

1　见《郑风·缁衣》。

2　缁（zī）衣，黑色帛做的朝服。宜，合体。敝，破旧。

3　崭，好，很。

4　葆，珍爱。

5　席（xí），宽大。

181

终风[1]

终风且暴
我顾则笑[2]
谑浪倨敖
中心是悼[3]
终风且霾
之子复来[4]
莫往莫来
中心砾磊[5]
曀曀其阴
虺虺其雷[6]
寤言不寐
中心蹒跚[7]
天实为之
谓之何哉

1 见《邶风·终风》。

2 终……且……，即既……且……。顾，回首。

3 谑（xuè），以言相戏。浪，放荡而气高。敖，调笑。悼，忧惧。《毛传》："悼，伤也。"

4 霾，尘土飞扬，日光暗淡。《毛传》："霾，雨土也。"之，此。

5 莫，不。砾（lì），碎石。宋玉《高唐赋》："砾磊磊而相摩兮，嘡震天之礚礚。"

6 曀曀（yì），天色晦暗。《毛传》："阴而风曰曀。"虺虺（huī），雷声。《集传》："雷将发而未震之声。"

7 言，语词。蹒跚，踩踏。李斗《扬州画舫录》："马足纷纭定何碍，蹒跚惟惜麦苗芒。"

日居[1]

日居月诸
照临下土[2]
乃如之人
逝不古处[3]
胡能有定
宁不我顾
逝不相好
宁不我报
乃如之人
胡能有定
德音无良
报我不述[4]
胡能有定
俾也可泯[5]

1 见《邶风·日月》。

2 居（jī）、诸，皆语词。照临，光芒所及。下土，大地。

3 乃，却。如，如是。逝，语词。古，通"故"，《集传》："古处（chǔ），以古道相处也"。

4 德音，指德性。述，循情理。《毛传》："述，循也。"

5 泯，消除。孔颖达《〈春秋正义〉序》："汉德既兴，儒风不泯。"

江有[1]

江　有　汜
之　子　归
不　我　以
不　我　以
其　后　也　悔[2]

江　有　渚
之　子　归
不　我　发[3]

江　有　沱
之　子　归
不　我　过[4]
不　发　不　过
其　后　也　陟
我　啸　我　歌[5]

1　见《召南·江有汜》。

2　汜（sì），分流而又回归的水流。《集传》：“水决复入为汜。”以，用，需要。其后，将来。悔，懊悔。

3　渚，水中小洲。发，表达，花开。李商隐《无题》之二：“春心莫共花争发，一寸相思一寸灰。”

4　过，探望。《集传》：“谓过我而与俱也。”

5　陟（duò），坠落，深陷。皮日休《吴中苦雨》：“一苞势欲陟，将撑乏寸木。”啸，伤怀以号。《集传》：“蹙口而出声。”

184

翀雉 [1]

翀雉于飞
下上其音 [2]
展矣孺子
实劳我心 [3]
瞻彼日月
悠悠我思
道之云远
曷云能归 [4]
百尔孺子
莫知德行 [5]
不忮不求
何用不臧 [6]
亟忮亟求
尔其丧亡

1　见《邶风·雄雉》。

2　翀（chōng），高上直飞。纪昀《阅微草堂笔记》："譬威风之翀云，翩没影于遥空。"音，鸣叫，单出曰声，杂比曰音。

3　展，诚实，可信。《集传》："言诚又言实，顾以甚言此君子之劳我心也。"劳，忧思。

4　曷，何时。《郑笺》："何时能来，望之也。"

5　百，众。尔，你们。德行，有内外之称，在心为德施之曰行。

6　忮（zhi），妒忌。求，贪求。何用，何以。臧，善。

偠僷[1]

东　方　日　矣

彼　偠　僷　子

在　我　室　兮[2]

在　我　室　兮

履　我　即　兮[3]

东　方　月　兮

彼　偠　僷　子

在　我　闼　兮[4]

在　我　闼　兮

履　我　发　兮[5]

折　柳　樊　圃

偲　夫　瞿　瞿[6]

偠　兹　取　僷

彼　偠　僷　子

1　见《齐风·东方之日》等。

2　日，日出。偠僷 (yǎo niǎo)，体态婀娜。偠，细腰。僷，舞者僷身若环。钱谦益《祭王二溟方伯文》："微歌激越，选舞偠僷。"室，内室。

3　履，蹑，跟随足迹。即，行，足迹。

4　闼 (tà)，门屏之间。《毛传》："闼，门内也。"

5　发，足，行迹。

6　樊，藩也，篱笆。圃，种植蔬果苗木的园地。偲 (cāi)，多须之貌。瞿瞿，瞪视貌。

于征[1]

之子于征
有闻无声[2]
允矣君子
展也大成[3]
内维柔刚
外维刚柔
瞻彼中原
其祁孔有[4]
儦儦俟俟
或群或友[5]
悉率左右
以旋之周
升彼大阜
从其群丑[6]

1 见《小雅·吉日》等。

2 之子,那人。闻,听。声,喧哗声。《集传》:
"闻师之行而不闻其声。"

3 允,实在。展,诚然。

4 中原,原中。祁,大(兽)。孔有,富足。

5 儦儦(biāo),野兽跑动貌。俟俟(si),野
兽行走貌。《毛传》:"趋则儦儦,行则俟俟。"
或群或友,兽聚之貌。《毛传》:"兽三曰群,
二曰友。"

6 阜,土山。《毛传》:"高山曰陆,大陆曰阜,
大阜曰陵。"从,追逐。丑,众也。《郑笺》:
"田而升大阜,从禽兽之群众也。"

沔彼[1]

沔 彼 流 水
朝 宗 于 海[2]
鴥 彼 飞 隼
载 飞 载 扬[3]
念 彼 不 迹
载 起 载 行[4]
心 之 忧 矣
不 可 弭 忘[5]
鴥 彼 飞 隼
率 彼 中 陵[6]
妇 之 讹 言
宁 莫 之 惩[7]
子 亦 谬 矣
谗 言 其 兴

1 见《小雅·沔水》。

2 沔（miǎn），水涨满貌。朝宗，子孙参拜宗庙，借指百川归海。《郑笺》："水流而入海，水就大也……诸侯春见天子曰朝，夏见曰宗。"于，至。

3 鴥（yù），鸟在巢穴。扬，飞举，飞腾。苏辙《双凫观》："谁知野鸟不能化，岂必双履能飞扬？"

4 不迹，谣言无形迹。载起载行，起来倒下，谓忧念之深。

5 弭（mǐ），停息。

6 率，循，沿着。中陵，陵中，山谷也。

7 讹，诈伪。宁，为何。惩，制止。

皎皎[1]

皎皎白驹
贲然来思[2]
生刍一束
其人如玉[3]
任尔优游
勉尔遁思[4]
皎皎白驹
食我场苗[5]
絷之维之
以永今朝[6]
所谓伊人
于焉逍遥
逍遥其身
无有遐心

1　见《小雅·白驹》。

2　皎皎，洁白貌。贲 (bì) 然，盛饰，有光彩貌。《通释》："贲然，盖状马来疾行之貌。"

3　生刍，青草。其人如玉，《郑笺》："如玉者，取其坚而洁白。"

4　勉，通"免"，打消。遁，迁，离去。

5　场苗，田中豆苗。

6　絷 (zhí)，拴。维，系。永，延长。

189

丘中[1]

丘中有麻
彼留子差
将其施施[2]

丘中有麦
彼留子国
将其食食

丘中有李
彼留子玖
将其佩佩

丘中有桃
彼留子高
将其敖敖[3]
式相投好
将其陶陶[4]

1 见《王风·丘中有麻》。

2 留，留住。《集传》：丘中有麻之处，复有与之私而留之者。"子差，与下文子国、子玖、子高，皆美子也。将，希望。施施，喜悦。《郑笺》："施施，舒行伺间，独来见己之貌。"

3 敖敖，身材高挑。《郑笺》："敖敖，犹颁颁也。"

4 式，表劝令，相当"应"。陶陶，和乐貌。

抚我[1]

天之抚我
如不我克[2]
彼求我则
如不我得[3]
执我仇仇
亦不我力[4]
谓室盖天
不敢不局[5]
谓妇盖地
不敢不蹐[6]
维号斯言
有伦有脊[7]
哀今之人
胡为虺蜴[8]

1 见《小雅·正月》。

2 抚（wù），动摇，挫折。如，而。克，能。

3 则，语尾助词，哉。不我得，不得我。

4 执我，待我。仇仇（qiú），简慢。不我力，不我用。

5 盖，通"盍"，何。局，通"踢"，曲身。

6 蹐（jí），小步走。《毛传》："蹐，累足也。"

7 号，呼也。斯，则。伦、脊，道理也。

8 虺（huǐ），蜥状毒蛇。

凶矜 [1]

有菀者柳
不尚息焉 [2]
彼人甚蹈
无自昵焉 [3]
俾予靖之
后予极焉 [4]
俾予靖之
后予迈焉 [5]
有鸟高飞
亦傅于天 [6]
彼人之心
于何其臻 [7]
曷予靖之
免此凶矜 [8]

1 见《小雅·菀柳》。
2 不……焉，表肯定。
3 蹈，喜怒无常。昵（nì），亲近。
4 靖，安定。极，通"殛"，诛罚，放逐。
5 迈，厉，虐。
6 傅，靠近，到达。
7 臻，至，来到。
8 矜，祸端，危险。

渐渐[1]

渐渐之木
维其高矣[2]
山川悠远
维其劳矣[3]
伊人西征
不遑朝矣[4]
渐渐之木
维其茂矣
山川悠渺
曷其没矣[5]
伊人西征
不遑出矣
俾滂沱矣
不遑他矣

1　见《小雅·渐渐之石》。
2　渐渐 (chán)，同"巉巉"，高峻貌。维，正因为。
3　劳，通"辽"。《郑笺》："其道里长远，邦域又劳劳广阔。"
4　遑，闲暇。
5　没 (mò)，尽，尽头。

有命[1]

有命自天
命此文王
于周于京[2]
笃授武王
保右命尔
燮伐大商[3]
牧野洋洋
檀车煌煌
驷騵彭彭[4]
维师尚父
时维鹰扬
亮彼武王[5]
肆伐大商
会朝清昌[6]

1　见《大雅·大明》。

2　周，周地。京，镐京。

3　笃，厚，天降厚恩。右，通"佑"，辅助。燮（xiè），和，协调。伐，讨伐。

4　洋洋，广阔貌。檀车，车轮檀木所制，泛指兵役之车。煌煌，鲜明貌。驷，一车四马。騵（yuán），赤身白腹之马。彭彭（bāng），强壮貌。《毛传》："有力有容也。"

5　师，太师。尚父，即吕望。时，是。鹰扬，喻勇猛奋发。亮，辅助。

6　肆，疾速。会，正当。朝，黎明。

194

旟旐[1]

旟旐有翩
乱生不夷
靡国不泯[2]
民靡有黎
具祸以烬[3]
于乎有哀
国步斯频[4]
国步蔑资
天不我将[5]
靡所止疑
秉心无竞[6]
谁生厉阶
至今为梗
云徂何往[7]

1 见《大雅·桑柔》。

2 旟（yú），绘有鸟隼图案的旗帜。旐（zhào），绘有龟蛇图案的旗帜。翩，旗帜飘动舒张。乱，战乱。夷，平定。靡国，没有哪个诸侯国。泯，乱。

3 黎，众，多。具，通"俱"。烬，灭，死。

4 国步，国家的命运。斯，乃。频，危急。

5 蔑，通"灭"，无。将，扶助。

6 止，停留。疑，安定。秉心，存心。无竞，没有止境。

7 厉阶，祸端。阶，梯，指根源。梗，病。徂，去，往。

上权[1]

上权板板
下民卒瘅[2]
出话不然
为犹不远[3]
靡圣管管
不实于亶[4]
犹之未远
是用大谏[5]
天之方难
无然宪宪[6]
天之方蹶
无然泄泄[7]
辞之辑矣
民之洽矣[8]

1 见《大雅·板》。

2 板板，邪僻，反常。卒，通"瘁"，劳病。瘅(dān)，痛苦。

3 不然，不正确。为，制定。犹，同"猷"，谋略。

4 靡，无，没有。管管，随心所欲。《毛传》："无所依也。"《郑笺》："王无圣人之法度，管管然心自恣"。实，忠实于。亶(dǎn)，诚信。

5 是用，因此。大，深切地。

6 难，降下灾祸。无然，莫如是。宪宪，欣欣然。

7 蹶(guì)，动乱。泄泄(yì)，笑语沓沓貌。

8 辞，政令。辑，和协。洽，融乐。

复届 [1]

有客有客，亦白其马。
有髯有鬣 [2]，敦琢其体。
有客宿宿，有客信信。
言授之絷，以絷其白。
龙旗阳阳，和铃央央 [3]。
薄言追之，左右绥之 [4]。
贤贤易色，其白复届 [5]。

1 见《周颂·有客》。

2 髯，颊毛，泛指胡须。《庄子·列御寇》："美髯长大，壮丽勇敢。"鬣，秀美的头发。夏完淳《与李舒章书》："家慈之鬣云既脱，四寡共居。"

3 阳阳，鲜明貌。央央（yīng），铃声和谐。

4 追，送别。《集传》："追之，已去而复还之，爱之无已也。"绥，安抚。

5 届，至，到。《书·大禹谟》："惟德动天，无远弗届。"

雝雝[1]

雝　雝　在　宮
肅　肅　在　廟 [2]
不　顯　亦　臨
無　射　亦　保 [3]
戎　疾　不　殄
烈　假　不　瑕 [4]
不　聞　亦　武
不　諫　亦　入 [5]
成　人　有　德
小　子　有　造 [6]
古　人　無　致
斯　士　譽　髦 [7]
大　任　思　齊
則　百　雄　彪 [8]

1　见《大雅·思齐》。

2　雝雝（yōng），和悦貌。肃肃，庄敬貌。庙，供奉祭祀祖先之处。《大雅·绵》："作庙翼翼。"《毛传》："君子将营宫室，宗庙为先。"

3　不，通"丕"，盛大。显，光明。临，临视，察看。射（yì），通"致"，厌倦。保，安抚。

4　戎疾，战祸与瘟疫。殄（tiǎn），绝，消除。不，两处皆为助词，无实义。烈、假，皆指病也。

5　闻，先例。亦，就。武，采纳。入，采用。

6　造，成就。《毛传》："造，为也。"

7　誉，选择。

8　思，语词。齐（zhāi），诚敬，美好。百，众。

丝衣 [1]

丝衣其纻
载弁俅俅 [2]
自堂徂基
自童及牡 [3]
鼐鼎及鼒
兕觥其觩 [4]
旨酒思柔
不吴不纠
胡考之休 [5]
遵养时晦
时纯熙懰
蹻蹻潢青 [6]
是用大介
方用龙受 [7]

1　见《周颂·丝衣》等。

2　纻(fóu)，鲜明洁净。载，戴。弁，礼帽。俅俅，恭顺貌。

3　堂，庙堂。基，墙根。

4　鼐、鼎、鼒(zī)，皆为烹牲之器，大鼎为鼐，小鼎为鼒。兕觥(sì gōng)，用兕牛角制的酒杯。觩(qiú)，弯曲貌。

5　柔，绵软柔和。吴，大声说话。《毛传》："吴，哗也。"胡考，寿考，老人。休，喜乐。

6　遵，引遁。养，保养。时晦，与时俱晦。纯，大。熙，光明。蹻蹻(jiǎo)，壮武貌。青，披帽型头盔。

7　大介，大兴甲兵。龙，同"宠"。

如遗[1]

习习谷风
维风兮雨[2]
宿难宿患
维予与汝[3]
将安将逸
予转屏汝[4]
习习谷风
维风兮颓[5]
宿恐宿惧
相寘于怀[6]
将舒将裕
鄙汝如遗[7]
图利亡义
既其汝迁[8]

1　见《小雅·谷风》等。

2　习习，即"飘飘"，大风之声。谷风，东风。

3　宿，素常，一向。与，跟随。

4　将，且，乃。转，反而。屏（bǐng），摒弃，放逐。王僧孺《秋闺怨》："风来秋扇屏，月出夜灯吹。"

5　颓（tuǐ），暴风，旋风。

6　寘，同"置"。《集传》："置于怀，亲之也。"

7　遗，丢弃。《郑笺》："如遗者，如人行道，遗忘物，忽然不省存也。"

8　迁，去，抛弃。

甫田[1]

无田甫田
维莠骄骄[2]
无思远人
劳心忉忉[3]
无田甫田
维莠桀桀[4]
无思远人
劳心怛怛[5]
防有鹊巢
邛有旨苕[6]
谁侜予美
心焉切切[7]
谁侜予美
心焉惕惕[8]

1　见《齐风·甫田》等。

2　无田,无人耕耘。甫田,面积广大的田地。莠,似苗而不结谷的杂草。骄骄,高而茂盛。

3　忉忉(dāo),忧念貌。

4　桀桀,茂盛貌。

5　怛怛(dá),忧惴貌。

6　防,堤岸。《集传》:"防,人所筑以捍水者。"邛(qióng),土丘。旨,美。苕(tiáo),紫葳草,生于低洼之地。

7　侜(zhōu),欺骗,蒙蔽。切切(qiē),敬重切磋勉励貌。《大戴礼记·曾子立事》:"导之以道而勿强也,宫中雍雍,外焉肃肃,兄弟憘憘,朋友切切。"

8　惕惕,忧劳貌。

高沙[1]

高　沙　之　圯
无　冬　无　夏
值　其　鹭　羽 [2]
高　沙　之　垚
无　冬　无　夏
值　其　鹭　翿 [3]
高　沙　之　湄
俣　俣　仲　子 [4]
婆　娑　其　背
之　子　汤　沃
扶　摇　终　朝 [5]
于　差　縠　旦
于　臻　縠　道
大　赂　南　宝 [6]

1　见《陈风·宛丘》等。

2　沙，水旁沙地。圯（yi），桥。值，执，手持。《孔疏》："常持其鹭鸟羽翳，身而舞也。"

3　垚（yáo），同"尧"，累土以高。翿（dào），舞具。合聚鸟羽于柄首，其形下垂如盖。

4　湄，水草交际之处。俣俣（yǔ），魁伟。《毛传》："俣俣，容貌大也。"

5　扶摇，盘旋而上。

6　臻，至，来到。赂，赠送财物。《毛传》："赂，遗也。"

昌兮[1]

猗嗟昌兮

颀而长兮[2]

懿若颡兮

媚目暘兮[3]

趾趋跄兮

臀则峭兮[4]

猗嗟娈兮

清扬婉兮[5]

舞则选兮

射则贯兮[6]

四矢反兮

以娱乱兮[7]

礼既成兮

不出正兮[8]

1 见《齐风·猗嗟》。

2 猗嗟,叹美之辞。昌,盛。《通释》:"昌之本义为美言,引申为凡美盛之称。"颀,身长貌。

3 懿,美。若,代词,你。颡(sǎng),额头。暘,明亮。江淹《丹砂可学赋》:"故从师而问道,冀幽路之或暘。"

4 趋跄,步子快慢有节奏。臀,脊背。

5 娈,健美。《毛传》:"娈,壮好貌。"清,目之美。扬,眉之美。婉,美好。

6 舞,射技表演前,射者持弓矢和乐而舞。选,齐,指合拍。贯,穿通。

7 四矢,行射礼时四箭为一轮。反,重复于一处。乱,祸乱。

8 正(zhēng),箭靶中心。

鸿飞[1]

鸿飞遵渚
公归无所
于尔信处[2]
鸿飞遵陆
公归不复
于尔信宿[3]
有衮衣兮
无公归兮[4]
缺斨缺锜
邦国是吪[5]
哀我人斯
无以归公
公孙硕肤
德音不瑕[6]

1 见《豳风·九罭》等。

2 遵，沿着。信，再宿，住两夜。

3 宿，住宿。《毛传》："宿，犹处也。"

4 衮衣，王与公侯所穿绣有卷龙的礼服。无，无使。

5 缺，破损。斨（qiāng），方孔斧。锜（qí），凿类工具。吪（é），改变，震动。

6 硕肤，心广体胖之象。德音，令闻，美好的声誉。不瑕，不无。瑕，通"遐"。

子裒 [1]

有 杕 之 杜
其 叶 湑 湑 [2]
独 行 踽 踽
岂 无 他 人
不 我 同 侠 [3]
有 杕 之 杜
其 叶 菁 菁
独 行 睘 睘
岂 无 他 人
不 我 同 风 [4]
谓 我 居 居
维 子 之 旧
谓 我 究 究
维 子 之 裒 [5]

1　见《唐风·杕杜》等。

2　杕 (dì)，树木孤立貌。杜，杜梨、甘棠。湑湑 (xǔ)，茂盛貌。

3　踽踽 (jǔ)，恭敬而敏捷貌。侠，气格具有侠义之风。《文心雕龙·体性》："嗣宗俶傥，故响逸而调远；叔夜俊侠，故兴高而采烈。"

4　菁菁 (jīng)，繁茂。《毛传》："菁菁，叶盛也。" 睘睘 (qióng)，孤独。《毛传》："睘睘，无所依也。" 风，风操，风范。《孟子·万章下》："故闻伯夷之风者，顽夫廉，懦夫有立志。"

5　居居、究究，皆傲慢不相亲近也。裒，通"袖"。

仲门

仲 门 有 桃
绿 水 映 缭
仲 也 淳 钧
惟 我 佩 行
畴 昔 然 矣 [1]
仲 门 有 李
紫 霭 连 雩
仲 也 琨 珸
惟 我 歌 鸣
攸 今 嗣 矣 [2]
粉 桃 郁 李
伧 傦 莫 知
下 自 成 蹊 [3]
一 我 所 履

1　淳钧，古剑名，大锐剑也。《抱朴子·博喻》："淳钧之锋，验于犀兕；宣慈之良，效于明试。"畴昔，往日。李白《赠从弟南平太守之遥》："一朝谢病游江海，畴昔相知几人在？"

2　霭，云气，缭绕。倪瓒《六月五日偶成》："坐看青苔欲上衣，一池春水霭余晖。"雩(yù)，虹。琨珸，昆吾，以吾石所炼铸的名剑，切玉如泥。攸，乃。嗣，继承。

3　粉桃郁李，酣红醉绿之象。香溪渔隐《凰城品花记》："不当执流俗见，徒以粉桃郁李杂投也。"伧，粗俗鄙陋。傦(gòu)，愚昧无知。蹊，小路。《史记·李将军传赞》："桃李无言，下自成蹊。"

保艾[1]

之其多矣
取其嘉矣[2]
之其旨矣
取其偕矣[3]
之其秩矣
取其时矣[4]
南有樛木
甘瓠累之[5]
翩翩者雏
烝然来思[6]
君子有酒
式燕以衎[7]
乐只君子
恣睢保艾[8]

1　见《小雅·南有嘉鱼》等。

2　嘉，善，美。

3　旨，味美。偕，备。《郑笺》："鱼既美又齐等。"

4　秩，常。时，适时。

5　樛（jiū），树枝向下弯曲，曲木。瓠（hù），葫芦。累，绕缠，结满。

6　雏（zhuī），鹁鸪。烝然，众多之貌。

7　式燕，用宴。衎（kàn），和乐。

8　乐，敔乐。只，语词。恣睢(suī)，放任自得貌。《楚辞·远游》："欲度世以忘归兮，意恣睢以担挢。"保艾，安养。

以濯[1]

忧　心　慇　慇
念　我　土　宇 [2]
我　生　不　辰
逢　天　僤　怒 [3]
自　东　徂　西
靡　所　定　处 [4]
多　我　觏　痻
孔　棘　我　圉 [5]
为　谋　为　毖
乱　况　斯　削 [6]
告　尔　忧　恤
诲　尔　序　爵 [7]
谁　能　执　热
逝　不　以　濯 [8]

1　见《大雅·桑柔》。

2　慇慇，深忧厚伤貌。《毛传》："慇慇，痛也。"土宇，指国邦或家乡。

3　不辰，不适时。僤（dàn）怒，厚怒。

4　定处，安居。

5　觏，通"遘"，遇见。痻（mín），病，灾祸。孔，甚。棘，急。圉（yǔ），边疆。

6　毖，谨慎。斯，则。削，削平。

7　告，劝告。忧恤，忧念体恤。序爵，以功论位，选贤任能。

8　执，手持。热，烫物。逝，语词。濯，冲洗。

如陵[1]

肅肅在廟
雝雝在宮
神罔時怨
神罔時恫[2]
佛時仔肩
示顯德隆[3]
高高在上
序思不忘[4]
以似以續
續古之曠[5]
庶幾夙夜
以永終令[6]
三壽作朋
如岡如陵[7]

1 见《大雅·思齐》等。
2 罔，无。时，是。恫，悲伤。
3 佛，通"弼"，辅助。仔肩，担负，以贤相保。隆，盛。
4 序，绪，事业。
5 似，嗣续。以似二句，言嗣前岁之有，继往事之无。
6 庶几，几乎。永终，长久。
7 三寿，泛指老人。冈，山背。陵，大土山。

差池[1]

燕燕于飞
差池其羽
远送于滨
瞻望弗及[2]
燕燕于飞
下上其音
瞻望弗及
伫立以思[3]
仲子任只
其心塞渊
终温且惠
淑慎其身[4]
先贤之思
以勖良人[5]

1 见《邶风·燕燕》。

2 燕燕，燕子。于飞，在飞翔。差池（cī chì），参差，上下飞动貌。瞻，远望。

3 伫立，久立而待。

4 任，姓。只，语词。塞渊，其心诚实而深远。慎，诚。

5 勖（xù），勉励。

中林[1]

瞻彼中林
牲牲其鹿[2]
友朋已優
不胥以穀[3]
古亦有言
进退维谷[4]
嗟我良士
弗求弗迪[5]
嗟彼忍心
唯利是笃[6]
人之贪乱
宁为荼毒
匪言不能
一去不复

1　见《大雅·桑柔》。

2　中林，林中。牲牲，通"莘莘"。《集传》:"众多并行之貌。"

3　已，以。優，隐约，仿佛。《南齐书·乐志》:"瞻辰優思，雨露追情。"胥，相。以穀，为善，友好。

4　维，为。谷，穷尽。

5　迪，进用，相竞逐。

6　忍心，指忮狠强梁之人。笃，专一。

不我 [1]

不我能惄
反以我陷 [2]
既阻我德
贾我于歉 [3]
昔恐育鞠
及尔颠覆 [4]
既生既裕
倚我以削 [5]
我有旨聚
亦以御冬
中茜起意 [6]
掠我自丰
大无贞信
不知正命

1 见《邶风·谷风》。
2 惄（xù），怜爱。陷，害。
3 阻，止，拒绝。贾（gǔ），售出。
4 育，生存。鞠，穷困。颠覆，颠沛流离，困顿。
5 削，侵削。
6 聚，蓄积，储集。茜，通"构"，室。中茜，隐私。

芄兰[1]

芄 兰 之 支
童 子 佩 觿[2]
虽 则 佩 觿
能 不 我 知[3]
容 兮 遂 兮
垂 带 悸 兮[4]
芄 兰 之 叶
童 子 佩 韘
虽 则 佩 韘
能 不 我 甲[5]
容 兮 遂 兮
垂 带 悸 兮
芄 兰 既 折
白 乳 啜 啜[6]

1 见《卫风·芄兰》。

2 芄(wán)兰,蔓生植物萝摩,叶长柄,结
  荚实两两对出如佩角锥。支,通"枝"。觿
  (xī),解系带的骨制角锥。

3 能,乃。知,相爱。《通释》:"不我知,谓
  不与我相匹合。"

4 容、遂,行止从容貌。《集传》:"容、遂,
  舒缓放肆之貌。"悸,垂带飘动。

5 韘(shè),扳指。甲(xiá),亲昵。《毛传》:
  "甲,狎也。"

6 啜啜,渗出如泣噎之貌。

213

如晦[1]

风 雨 凄 凄
鸡 鸣 喈 喈[2]
未 见 君 子
云 胡 能 夷[3]
风 雨 潇 潇
鸡 鸣 胶 胶[4]
未 见 君 子
云 胡 能 瘳[5]
风 雨 如 晦
鸡 鸣 不 已[6]
既 见 君 子
云 胡 不 喜
鸡 鸣 不 已
风 雨 如 晦

1　见《郑风·风雨》。

2　凄凄，寒凉之意。喈喈（jiē），鸟和鸣声，
此指鸡叫不止。

3　夷，平静，喜悦。

4　潇潇，风雨之声。胶胶，鸡鸣之音。

5　瘳（chōu），病愈，指愁苦消除。

6　晦，昏黑，暗淡。已，止。

214

蒹葭 [1]

蒹　葭　苍　苍
白　露　为　霜
所　谓　伊　人
在　水　一　方 [2]
溯　洄　从　之
道　阻　且　长
溯　洄　从　之
宛　在　水　中　央
宛　在　水　中　坻 [3]
终　在　水　中　止
水　之　湄
水　之　涘
白　露　未　已
蒹　葭　采　采 [4]

1　见《秦风·蒹葭》。

2　蒹葭（jiān jiā），初生的芦苇。苍苍，茂盛的苍青色。一方，水之一边。

3　溯，逆流而行。洄，旋流。从，追逐。坻（chí），水中小洲。

4　湄，水草交际之处。涘（sì），水涯。采采，茂盛的翠青色。

有卷[1]

有卷者阿
飘风自南[2]
岂弟君子
来游来歌
以矢其音[3]
岂弟君子
尔弥尔性[4]
尔受命长康
茀禄尔康[5]
纯嘏尔常[5]
有冯有翼[6]
有贞有德[6]
以引以越
为四海则[7]

1 见《大雅·卷阿》。

2 卷（quán），山势蜿蜒。《毛传》："卷，曲也。"阿（é），大的丘陵。飘风，旋风。

3 矢，舒发，陈述。音，指心志。

4 弥，通"弭"，止息。性，性情，性命。

5 茀，通"祓"，福。嘏（gǔ），赐福。常，久。《郑笺》："予福曰嘏，使女大受福以为常。"

6 冯（píng），忠诚满于内。翼，威仪盛于外。《毛传》："有冯有翼，道可以冯依以为辅翼也。"贞，诚信，言行抱一。《论语·卫灵公》："子曰：君子贞而不谅。"

7 越，胜过。苏轼《荐布衣陈师道状》："文词高古，度越流辈。"则，法。

216

思乐[1]

思　乐　泮　水
薄　采　其　芹[2]
采　茆　采　藻
其　马　跻　跻[3]
其　旗　茷　茷
其　言　昭　昭[4]
既　饮　旨　酒
永　锡　难　老[5]
顺　彼　长　道
屈　此　群　宵[6]
载　色　载　笑
匪　怒　伊　教[7]
从　公　于　迈
无　大　无　小[8]

1　见《鲁颂·泮水》。

2　泮（pàn）水，泮宫前的水池。诸侯所设学宫曰泮宫。薄，语词。

3　茆（mǎo），莼菜。跻跻（jiāo），强壮勇武貌。

4　茷茷（pèi），通"旆旆"，旗飞扬貌。昭昭，洪亮。

5　锡，赐予。

6　长道，常道。屈，通"黜"，收服。宵，小。

7　色，和颜悦色。匪怒伊教，谓教而无怒。

8　迈，行。大、小，言其尊卑。

其雷 [1]

殷　殷　其　雷
南　山　之　阳
振　振　君　子
归　我　如　偿 [2]
殷　殷　其　雷
南　山　之　侧
振　振　君　子
归　我　如　掷 [3]
殷　殷　其　雷
南　山　之　下
振　振　君　子
归　我　如　泻 [4]
何　斯　违　斯
莫　敢　或　遑 [5]

1　见《召南·殷其雷》。

2　殷殷(yǐn)，雷声滚滚。振振，仁厚。偿，酬报。

3　掷，投抛。

4　泻，倾注。

5　斯，此。违，远。《集传》："何斯，斯此人也。违斯，斯此所也。"遑，闲暇。

洞彼[1]

洞 彼 行 潦
挹 彼 注 兹
可 以 濯 溉[2]
岂 弟 君 子
我 之 攸 塈[3]
洞 彼 行 潦
挹 彼 注 兹
可 以 饎 餴[4]
岂 弟 君 子
我 之 攸 归
柔 惠 且 直
君 子 跻 跻
其 风 肆 好
矢 诗 藐 藐[5]

1 见《大雅·泂酌》等。
2 泂(jiǒng)，远。行潦(liǎo)，路旁积水。挹(yì)，舀。注，灌。溉，通"概"，漆尊，酒器。
3 塈 (xì)，息止，安好。
4 餴 (fēn)，蒸饭。饎 (chì)，酒食。
5 风，音，曲调。肆，极尽。矢，陈列。藐藐，美盛貌。

子衿 [1]

青 青 子 衿

悠 悠 我 心

俟 我 乎 巷

悔 予 不 即 [2]

青 青 子 佩

悠 悠 我 思

俟 我 乎 堂

悔 予 不 将 [3]

子 之 丰 兮

子 之 昌 兮 [4]

挑 兮 达 兮

在 城 阙 兮 [5]

纵 我 不 往

子 宁 不 来

1 见《郑风·子衿》等。

2 衿，衣领。《毛传》："青衿，青领也，学子之所服。"俟，等。予，我。

3 佩，佩玉。将，同往。

4 丰，容貌丰满。昌，健壮美盛。

5 挑达（tāo tà），走来走去。《毛传》："挑达，往来相见貌。"阙，城门两边的楼观。

叔于薮[1]

叔 于 薮
火 烈 具 举[2]
襢 裼 如 埠
献 肯 如 俎[3]
步 于 薮
火 烈 具 扬
叔 善 射 忌
又 良 御 忌[4]
抑 磬 控 忌
抑 纵 送 忌[5]
叔 于 薮
火 烈 具 都
摩 之 以 肱
摩 之 以 股

1 见《郑风·大叔于田》。

2 薮 (sǒu)，水少草茂的湖泽。《毛传》："薮，泽，禽之府也。"烈，通"列"，持火烧草，遮断群兽逃散的路。具，俱。

3 俎，祭祀盛牲体的几形礼器，木制，漆饰。

4 良，善于。忌，语词。

5 抑，发语词。磬控，操纵自如。《毛传》："骋马曰磬，止马曰控。"纵，发放。送，追逐。《毛传》："发矢曰纵，从禽曰送。"《通释》："磬控，双声字；纵送，叠韵字……皆言逐者驰逐之貌。"

伯氏[1]

伯氏吹埙
仲氏吹篪[2]
及尔如贯
谅不我贪[3]
出此二物
以怼尔斯[4]
为鬼为蜮
则不可得[5]
有靦面目
视人罔极[6]
作此苦歌
以极反侧[7]
仲兮伯兮
篪横埙直

1 见《小雅·何人斯》。

2 埙（xūn），陶制吹奏乐器。篪（chí），竹制管乐器。埙、篪合奏声音和谐。

3 及尔，与你。如贯，以绳贯穿。谅，诚然。

4 怼，怨恨。徐复祚《投梭记》："地老天荒时虽逝，风凄露冷心无怼。"

5 蜮（yù），相传一种能含沙射人的水中动物。

6 有靦（tiǎn），面目可见。罔，无。极，准则。

7 极，追究。反侧，反复无常。

因心[1]

因心则友
则友其昌
则笃其庆[2]
载锡之光
受禄无丧[3]
无矢我陵
我陵我阿[4]
无饮我泉
我泉我池
度其鲜原
居美之阳[5]
在欧之将
万邦之方[6]
文灵之王

1 见《大雅·皇矣》。

2 因心，循心，发自内心。友，友爱。《集传》："善兄弟曰友。"庆，善。

3 载，乃。锡，恩赐。丧，止。

4 矢，陈列，陈兵。阿，山冈。

5 度，视。鲜(xiǎn)原，山地与平原。阳，南面。

6 将，侧。方，榜样。

询尔[1]

询 尔 仇 方
同 尔 兄 弟 [2]
以 尔 钩 援
与 尔 临 冲 [3]
临 冲 闲 闲
崇 墉 言 言 [4]
执 讯 连 连
攸 馘 安 安 [5]
是 类 是 祃
是 致 是 附 [6]
是 伐 是 肆
是 绝 是 忽 [7]
四 方 以 无 侮
四 方 以 无 拂 [8]

1 见《大雅·皇矣》。

2 仇（qiú）方，友邦，邻邦。同，协调，合协。兄弟，同姓者也。

3 钩援，即钩梯，攻城的器具。临冲，两种战车的名称，临者，于上临下，冲者，从傍冲突。

4 闲闲，战车滚动向前。《毛传》:"闲闲，动摇也。"墉，城墙。言言，高大貌。

5 执讯，捕捉俘虏。连连，连属不断。攸，所。馘(guó)，割敌左耳以计功。安安，众多貌。

6 类，祭天神。祃（mà），祭战神。致，使其还付。附，使其来附。

7 伐，征讨。肆，袭击。绝，殄绝。忽，讨灭。

8 拂，违抗。《集传》:"拂，戾也。"

帝谓[1]

帝谓文王
予怀明德[2]
不大声色
不长以革
不识顺则[3]
帝谓文王
询尔仇方
同尔弟兄
与尔临冲
以伐中墉
于嗟文王
其德靡悔
既受帝祉
施于孙子[4]

1 见《大雅·皇矣》。

2 怀，眷念。明德，高尚的道德。

3 大，张扬，着重。声，声威。色，形诸颜色。长，依恃。以，与也。革，鞭革，刑罚。识，知识，刻意。

4 悔，遗恨。施，延传。

穆穆[1]

穆穆文王
天命靡常[2]
多士肤敏
祼将于京[3]
厥作祼将
常服黼冔[4]
王之荩臣
永言配身[5]
自求多福
骏命不易[6]
凡阄之士
不显亦世[7]
亹亹文王
令闻不已[8]

1　见《大雅·文王》。

2　穆穆，容止端庄恭敬。靡常，无常。

3　肤，壮美。敏，聪敏。祼(guàn)，以酒祭神或敬客的仪式。将，酌酒以献送。

4　常服，日常的服饰。黼(fǔ)，黑白相间斧形花纹的礼服。冔(xǔ)，殷朝礼帽。

5　荩(jìn)，忠爱笃进。永，长。配，合。

6　骏，大。易，更改。郑注《大学》："天之大命，持之不易。"

7　阄(zhōu)，周济，救济。不，通"丕"，大。

8　亹亹(wěi)，勤勉不倦貌。令闻，善誉，美好的名声。

南山 [1]

南 山 有 薹

有 薹 有 莱 [2]

乐 只 君 子

维 性 之 耽 [3]

南 山 有 杨

有 杨 有 桑

乐 只 君 子

维 命 之 倡 [4]

南 山 有 桃

有 桃 有 李

乐 只 君 子

惺 惺 不 已 [5]

艾 之 绥 之

骏 发 尔 痴 [6]

1 见《小雅·南山有台》。

2 薹（tái），莎草，茎叶可制蓑衣与笠。莱，藜，嫩叶可食。

3 耽，乐过其节。

4 倡，盛。

5 惺惺，聪明机灵。关汉卿《普天乐·崔张十六事》："遇着风流知音性，惺惺的偏惜惺惺。"

6 艾，护养。绥，安享。骏，疾速。

227

不盈[1]

之子于苗
选徒嚣嚣[2]
建旐设旄
搏搰唧嘈[3]
决拾既饮
弓矢既调[4]
射夫既逄
轩轩举龙[5]
两骖不猗
攸聊攸驰[6]
我躬既阅
遑恤尔庭[7]
允矣君子
大庖不盈[8]

1　见《小雅·车攻》等。

2　之子，那位贵族。苗，夏季的田猎。选，数点。徒，随从。嚣嚣，众声喧嚷。

3　搰（pǒu），击破。唧（láo）嘈，声音喧杂。

4　决，象牙板指。拾，皮革护臂。饮（cì），便利。调，弓与矢的调和。

5　轩轩，高扬貌。

6　骖（cān），旁马。猗，偏。攸骖攸驰，恣行而未失法度。

7　躬，自身。阅，容。尔庭，你的容身之所。《邶风·谷风》："我躬不阅，遑恤我后。"

8　允，诚实。庖（páo），厨房，引申为膳食。《集传》："大庖，君庖。"不，语词，无义。不盈，取之有度，不极欲。

温温 [1]

温 温 恭 人
如 集 于 木 [2]
惴 惴 小 心
如 临 于 谷
战 战 兢 兢
如 履 薄 冰
哀 我 填 寡
入 岸 入 狱 [3]
不 属 于 毛
不 离 于 理 [4]
天 之 生 我
我 辰 安 在 [5]
不 我 逢 辰
辰 不 我 逢

1 见《小雅·小宛》等。

2 温温，和柔貌。恭人，宽和谦恭之人。集，鸟在树。

3 填，通"殄"，穷困。寡，少财。岸，牢狱。

4 属，连系。离，附着。

5 辰，时运。

荏染 [1]

荏染柔木
君子之树
往来行呶
心焉数之 [2]
蛇蛇硕言
任自口矣
巧言如簧
颜之厚矣 [3]
彼何人斯
居河之湄
既微且尰
职为阶乱
为犹将多 [4]
乱之又生

1 见《小雅·巧言》。
2 荏染，柔弱貌。《毛传》："荏染，柔意也。"柔木，椅桐梓漆一类的树木。呶（náo），喧哗。数，分辨。
3 蛇蛇（yí），欺骗的样子。硕言，大话。颜，面。
4 微，小腿生疮。尰（zhǒng），脚肿。犹，计谋。将，极，甚。

柔木 [1]

菀彼柔木
其下侯旬 [2]
捋采其刘
瘼此下民 [3]
不殄心忧
仓兄填膺 [4]
倬彼昊天
宁不我矜 [5]
乱生不夷
靡国不泯 [6]
民靡有瞿
具祸以烬 [7]
于乎有哀
国步斯频 [8]

1　见《大雅·桑柔》。

2　侯，语词。旬，树荫均布。

3　捋（luō），撸，采取。瘼（mò），病苦。

4　殄（tiǎn），断绝。仓兄（chuàng huǎng），同怆怳，凄惶无依。填膺，充塞于胸。江淹《恨赋》："置酒欲饮，悲来填膺。"

5　昊天，皇天。宁，竟然。矜，怜恤。

6　乱，战乱。夷，安宁。泯，灭。

7　瞿，忧患。烬，死灭。

8　于乎，叹词。步，时运。

于戏 [1]

于戏文王
既昭假尔 [2]
率时牡夫
播厥百穀 [3]
骏发尔私
终岁三十
亦服尔耕
十千维偶 [4]
于戏保介
维莫之春 [5]
来咨来茹
来牟於皇 [6]
出入风议
靡庶不匡 [7]

1 见《周颂·噫嘻》等。

2 昭，明。假（gé），至。

3 时，是，此。厥，其。

4 骏，疾速。发，耕治。私，私田。服，从事。十千，万。

5 保介，农神。莫，通"暮"。

6 咨，询问。茹，谋划。来牟，麦的总称。於（wū），叹词。皇，美。

7 风议，放言。庶，众。匡，救助。

232

凤凤[1]

凤凤于飞
翙翙其羽
亦傅于天 [2]
蔼蔼髦士
维君之使
耽于俊子 [3]
凤凤鸣矣
于彼高冈
梧桐生矣
于彼朝阳
菶菶萋萋
雝雝喈喈 [4]
维君之兴
亦耽庶人

1 见《大雅·卷阿》。

2 翙翙(huì),鸟飞声。傅,至,靠近。

3 蔼蔼(ǎi),众多。《毛传》:"蔼蔼,犹济济也。"髦,英俊。耽(dān),迷恋。珠泉居士《雪鸿小记》:"性耽清雅,沉静寡言。"

4 菶菶萋萋(běng qī),木草茂盛。雝雝喈喈(yōng jié),鸟和鸣声。

山有[1]

山 有 扶 苏
隰 有 荷 华[2]
不 见 子 都
乃 见 狂 且[3]
狂 亦 宵 獠
兴 兴 如 燎
肆 欲 陶 陶[4]
山 有 乔 松
隰 有 游 龙[5]
不 见 子 充
乃 见 狡 童[6]
狡 亦 天 纵
般 谑 迎 逢
傞 嘻 冲 冲[7]

1 见《郑风·山有扶苏》。

2 扶苏，大树枝柯四布。华，同"花"。

3 子都，美子。《孟子·告子上》："至于子都，天下莫不知其姣也。"狂且（jū），轻狂之人。

4 宵獠，夜猎。曹植《七启》："顿网纵网，罢獠回迈。"燎，火焰，燃烧。左思《吴都赋》："钲鼓叠山，火烈燎林。飞爓浮烟，载霞载阴。"陶陶，醉貌。苏轼《观湖》之一："释梵茫然齐劫火，飞云不觉醉陶陶。"

5 乔，高大。游，枝叶放纵。龙，通"茏"，水荭草。

6 子充，犹子都。狡童，狡狯小儿。

7 般谑，大肆戏谑。傞（suō）嘻，露齿而笑。冲冲，情绪涌动貌。

俟我[1]

俟我于著
充耳以素
尚之琼华[2]
俟我于庭
充耳以青
尚之琼莹[3]
俟我于堂
充耳以黄
尚之琼章[4]
俟我于闼
散发偃榻[5]
履我即兮
我履发兮
饧彼眉子[6]

1 见《齐风·著》等。

2 俟，等待。著，通"宁"(zhù)，门屏之间。充耳，冠冕两旁以丝悬玉下垂至耳。素，不着色的丝。尚，加在上。琼华，美石。

3 青，青色丝。琼莹，似玉之石。

4 黄，黄色丝。琼章，美好的诗文。张孝祥《鹧鸪天》："咏彻琼章夜向阑，天移星斗下人间。"

5 闼(tà)，门内。偃，仰卧，安卧。谢灵运《游南亭》："逝将候秋水，息景偃旧崖。"

6 履，蹑踩。即，行迹。发，足印。饧(xíng)，眼目慵倦凝滞。龚自珍《长相思》："如梦如云不自由，唤人饧倦眸。"眉子，美子。

敝笱 [1]

敝笱在梁
其鱼鲂鳏 [2]
招招归止
子从如云 [3]
敝笱在梁
其鱼鲂鱮 [4]
招招归止
子从如雨
敝笱在梁
其鱼唯唯 [5]
招招归止
子从如水
惟子从之
之从之子

1 见《齐风·敝笱》。

2 敝，破旧。笱（gǒu），捕鱼的竹笼。梁，河中拦坝，缺口置笱以捕鱼。鲂，武昌鱼，头小身阔。鳏，大鱼，性独行。

3 招招，摇摆荡漾貌。谢朓《始之宣城郡》："招招漾轻楫，行行趋岩趾。"如云与如雨、如水，皆言其众多也。

4 鱮（xù），鲢鱼。

5 唯唯（wěi），出入自由。《郑笺》："行相随顺之貌。"

小戎[1]

小戎伐收
五楘梁辀[2]
游环胁驱
阴靷鋈续[3]
文茵畅毂
驾我骐异[4]
龙盾之合
饰以觼軜[5]
言念君子
温其在邑
言念君子
温其如玉
在其板屋
乱我心曲

1 见《秦风·小戎》。

2 小戎，一种轻小的兵车。伐(jiàn)，浅。收，轸，车的箱板可以收起。桼(mù)，车辕上的皮饰。梁辀(zhōu)，车辕前杠，横亘如梁弯曲如舟。

3 游环，即靷环。靷(yín)，引行的皮带。胁驱，迫使前行。阴，掩。鋈(wù)续，续引之用的白色铜环。

4 文茵，车座上的虎皮褥。畅毂(gǔ)，长车轴。骐，青黑格纹的马。异(zhù)，后左足白色的马。

5 龙盾，画有龙的盾。合，并列载于车上。觼(jué)，有舌的铜环。軜(nà)，骖马内侧的缰绳。

驷驖[1]

驷驖孔阜
六辔在手[2]
公之媚子
从公于狩[3]
奉时辰牡
辰牡孔硕[4]
公曰左之
舍拔则获[5]
游于北园
四马既闲[6]
輶车鸾镳
载猃歇骄[7]
公拥媚子
乃入帷幠[8]

1 见《秦风·驷驖》。

2 驖（tiě），赤黑色马。《集传》："驷驖，四马皆黑色如铁也。"孔，甚。阜，肥硕。辔，缰绳。《郑笺》："四马六辔。"

3 媚子，宠爱的人。狩，秋冬猎祭。

4 时，是。辰，应时。硕，肥大。

5 舍（shě）拔，放箭。《郑笺》："舍之言释也。"

6 园，养动物的苑囿。闲，熟练地奔驰。《集传》："闲，调习也。"

7 輶（yóu），轻车。鸾，鸾声之铃。镳（biāo），马衔。猃（xiǎn）、歇骄，两种猎犬。《毛传》："长喙曰猃，短喙曰歇骄。"

8 帷幠，帷幄。

岖逸[1]

凡彼大人
无视巍巍[2]
堂耸百仞
我志茨舍[3]
扈拥数十
我志壹随[4]
食前方丈
我志四簋[5]
田猎千乘
我志单骓[6]
在彼炎炎
在我悒悒[7]
亦有俱在
稽古岖逸[8]

1 见《孟子·尽心下》。

2 巍巍，崇高。

3 茨舍，草屋。

4 扈，随从。壹，数词。

5 方丈，(食物) 摆满一丈见方之地。簋 (guǐ)，青铜或陶制食器。《秦风·权舆》："於我乎，每食四簋。"

6 骓 (zhuī)，毛色苍白相杂的马。

7 炎炎，权势煊赫貌。悒悒 (yì)，忧郁，愁闷。

8 稽，考。岖，高过大山的小山。

委蛇[1]

羔 羊 之 皮
素 丝 五 纮 [2]
与 子 同 食
委 蛇 委 蛇 [3]
羔 羊 之 革
素 丝 五 緎 [4]
与 子 同 裘
委 蛇 委 蛇
羔 羊 之 缝
素 绿 五 总 [5]
与 子 同 欢
委 蛇 委 蛇
与 子 同 觯 [6]
委 蛇 委 蛇

1 见《召南·羔羊》。

2 羔羊之皮,以羔皮毛制裘,取其轻贵。素丝,白丝。纮(tuó),五缕一纮。

3 委蛇(wēi yí),从容自得貌。《毛传》:"委蛇,行可从迹也。"

4 緎(yù),四纮一緎。

5 缝,指羔羊皮衣。《集传》:"缝皮合之以为裘也。"总,四緎为总。

6 觯(duǒ),摇曳,飘动。汤显祖《紫钗记》:"一帘春色如云觯,咱高烧银烛到更残。"

240

玼兮 [1]

玼兮玼兮
其之翟也 [2]
鬒发如云
不屑髢也 [3]
玉之瑱也
象之揥也
扬且之皙也 [4]
瑳兮瑳兮
其之展也 [5]
蒙彼绉絺
是绁袢也
扬且之颜也 [6]
胡然而帝也
胡然而天也 [7]

1 见《鄘风·君子偕老》。

2 玼（cǐ），玉色鲜明貌，翟（dí），长尾山雉。《集传》："翟衣，祭服。刻绘为翟雉之形，而彩画之以为饰也。"

3 鬒（zhěn），发稠而黑。髢（dì），假发。

4 瑱（tiàn），耳边垂玉。揥（tì），象牙制的簪子。扬，眉额之美。且，语词。

5 瑳（cuō），玉色鲜白貌。展，通"襢"，纱制的礼服。

6 绉（zhòu）、絺（chī），皆细葛布。绁袢（xiè fán），近身内衣。颜，面容。

7 胡然，何以如此。帝、天，犹言神女天仙。

维鹊[1]

维 鹊 有 巢
维 鸠 方 之 [2]
之 子 于 归
无 以 御 之 [3]
维 鹊 有 巢
维 鸠 盈 之 [4]
之 子 于 归
无 以 将 之 [5]
被 之 僮 僮
夙 夜 倥 偬 [6]
被 之 祁 祁
薄 言 还 乡 [7]
亦 既 觏 止
我 心 则 降 [8]

1 见《召南·鹊巢》等。
2 维，语词。鸠，布谷鸟。《毛传》："鸠不自为巢，
  居鹊之成巢。"方，占有。
3 御（yà），迎。
4 盈，充满。
5 将，护送。
6 被（bì），通"髲"，以假发梳成高髻。僮僮
  （tóng），头饰盛美。倥偬（kǒng zǒng），繁促。
7 祁祁，众多貌。薄言，语词。
8 觏，通"遘"，遇到。降（xiáng），宽悦。

242

雨雨 [1]

雨雨公田
及尔私私 [2]
敢治私事
无别野人 [3]
若夫润泽
惟我与子
濯以江汉
暴以秋阳 [4]
皜皜雝雝
胡可再尚 [5]
木若以美
念土亲肤
三月无君
皇皇如也 [6]

1　见《孟子·滕文公》。

2　雨（后），雨落。私（后），私田。

3　别，区分。

4　润泽，因时制宜，合情宜俗。濯，洗。秋阳，烈日。

5　皜皜，同"皓皓"，洁白，光辉。雝雝，和谐，和悦。尚，加也。

6　皇皇，求而不得貌。

旨否[1]

倬彼甫田
我取其菁
振古遗缘[2]
今适南亩
或耘或籽
黍稷薿薿[3]
攸介攸止
烝我髦士[4]
以我齐明
与我牺牲[5]
琴瑟击鼓
沛沛甘霖[6]
攘其左右
尝其旨否[7]

1 见《小雅·甫田》。

2 甫，大。菁，华英。振古，往昔，远古。《周颂·载芟》："匪今斯今，振古如兹。"

3 耘，锄草。籽，以土培禾苗的根。薿薿（nǐ），茂盛貌。

4 攸，乃。介，大。止，收获。烝，慰问。髦士，英俊之士，指良贤。

5 齐（zī）明，即粢盛，祭器所盛的谷物。牺，祭祀用的纯色牲畜。

6 琴瑟，弹奏琴瑟。沛沛，水盛大貌。王褒《九怀·尊嘉》："望淮兮沛沛，滨流兮则逝。"

7 攘，礼让。旨否，味美与否。

蓼莪[1]

蓼蓼者莪
匪我伊蒿[2]
哀哀父母
生我劬劳[3]

蓼蓼者莪
匪我伊蔚[4]
哀哀父母
生我劳瘁[5]

诞我鞠我
拊我长我
顾我复我[6]
哀哀父母
欲报之德
维兹立特[7]

1 见《小雅·蓼莪》。

2 蓼蓼（lù），长而大貌。莪（é），萝蒿，抱宿根而生，故借以起兴。苏轼《谢生日诗启》："《蓼莪》之感，追衰老而不忘。"蒿，艾蒿。

3 哀哀，悲伤不已。劬（qú）劳，辛劳。

4 蔚，牡蒿。蒿与蔚皆散生独处。

5 瘁，劳累苦痛。

6 鞠，养育。拊（fǔ），抚摩。复，庇护。

7 特，杰出。

245

夷怿[1]

猗与那与
置我鞉鼓[2]
奏鼓简简
衎我烈祖[3]
汤孙奏假
绥我思成[4]
鞉鼓渊渊
嘒嘒管声[5]
既和且平
依我磬音[6]
庸鼓有斁
万舞有弈[7]
我有嘉客
亦不夷怿[8]

1 见《商颂·那》。

2 猗那，同"婀娜"，美好美盛之貌。与，欤。鞉（táo），摇鼓。

3 简简，鼓声。《郑笺》："其声和大简简然。"衎（kàn），乐也，奏乐以祭。烈祖，有功烈的先祖。

4 汤孙，成汤之孙。假，通"格"，致。绥，遗。思成，受福而得见其容。《集传》："盖斋而思之，祭而如有见闻，则成此人矣。"

5 渊渊，鼓声深远。嘒嘒，乐音清亮。

6 依，倚。磬，玉磬。

7 庸，通"镛"，大钟。斁（yì），通"绎"，盛大。万舞，周代大舞。《毛传》："以干羽为万舞，用之宗庙山川。"弈，通"奕"，从容闲习貌。

8 夷，悦。怿，乐。

我龟[1]

我龟既厌
不我告犹[2]
谋夫孔多
是用不集[3]
发言盈庭
谁执其咎[4]
匪行迈谋
不得于道[5]
哀哉为犹
匪先是程[6]
匪大是经
迩言是听[7]
与道谋室
不溃于成[8]

1 见《小雅·小旻》。

2 龟，占卜用的龟甲。厌，倦。《郑笺》："龟灵厌之，不复告其所图之吉凶。"犹，凶吉之道。

3 是用，是以。集，成就。

4 盈庭，满堂。执咎，承担责任。

5 匪，通"彼"，那。行迈，行路（之人）。道，要领。

6 为犹，决策之人。匪，通"非"。先，先贤。程，效法。

7 大，大犹，远谋。经，依据。迩，近。

8 溃，遂，顺利。

中田[1]

中田有庐
疆场有瓜[2]
是剥是菹[3]
之献我左
左右翼翼
天受之祜[4]
觞以清酒
从以骍牡[5]
祀于春秋
试其鸾刀[6]
以启其毛
取其血膋[7]
是烝是享
苾苾芬芬[8]

1　见《小雅·信南山》。
2　中田，井田制中的公田。庐，茅屋。疆埸，田畔。
3　剥，剖开。菹（zū），腌菜。之献，献之。
4　翼翼，众多貌。祜（hù），福。
5　觞，酒杯，行饮。骍（xīn）牡，赤色公牛。
6　鸾刀，刀环有铃。
7　膋（liáo），脂膏。
8　烝，冬祭。享，献上。苾（bì）芬，芬芳。

者木[1]

有菀者木
不尚息焉[2]
彼亦思贿
无自昵焉
后予迈焉[3]

有菀者木
不尚愒焉[4]
彼亦企贿
无自瘵焉
后予极焉[5]

有鸟高飞
亦傅于天
惜彼铩羽[6]
不明先谏

1 见《小雅·菀柳》。

2 不……焉……，表肯定。

3 昵，亲近。迈，厉，虐。

4 愒（qì），休息。

5 瘵（zhài），病。极，诛。

6 铩羽，摧落羽毛。

有桃[1]

园有桃
园有棘
其实之肴
心之忧矣
我歌且谣[2]
聊以行国
不知我者
谓我罔极[3]
彼人是哉
子曰何其
心之忧矣
其谁知之
知其谁之
盖亦勿思

1　见《魏风·园有桃》。

2　歌、谣，《毛传》："曲合乐曰歌，徒歌曰谣。"

3　行国，出游于国中。罔极，反复无常，失其中正之心。

乐土[1]

硕鼠硕鼠
无夺我黍
三十贯汝
莫我肯顾[2]
莫我肯劳
逝将去汝
适彼乐郊
谁之永号[3]
适彼乐国
国乐国乐
适彼乐洲
洲乐洲乐
爰得我直[4]
爰得我所

1 见《魏风·硕鼠》。
2 贯，服侍，侍奉。顾，顾念，顾惜。
3 劳，慰劳，休恤。适，往。永号，长呼。
4 爰，乃。直，通"职"，处所。

靓子 [1]

靓子其来
俟于城隅
俟而不见
搔首踟蹰 [2]
靓子其见
出我彤管
彤管炜炜
说怿子眉 [3]
自牧归荑
洵美且替
匪荑为替
靓子之矢 [4]
搂而堆作
覆而合脐

1　见《邶风·静女》。

2　靓（jìng），娴静，美艳。贡师泰《拟古》之一："意态闲且靓，气若兰蕙芳。"韩愈《东都遇春》："川原晓服鲜，桃李晨妆靓。"俟，等候。隅，墙角。踟蹰，来回走动。

3　彤，红。炜炜（huī），华盛貌。郭璞《山海经图赞》："丹木炜炜，沸沸玉膏。"说（yuè），通"悦"。怿（yì），快活。

4　牧，郊外。归，通"馈"。荑，初生白茅。矢，誓。李渔《慎鸾交·久要》："初心谁不矢同丘，几人得并鸳鸯柩。"

鹑之 [1]

鹑之奔奔
鹊之彊彊 [2]
人之无蒂
我以为棣 [3]
鹊之彊彊
鹑之奔奔
人之无秉 [4]
我以为君
蝃蝀在东
莫之敢指
朝隮于西
崇朝其雨 [5]
人之无德
不可衣钵 [6]

1 《鄘风·鹑之奔奔》等。

2 奔奔、彊彊，鸟群相随而飞貌。

3 蒂 (dì)，花果与枝茎相连处。宋玉《高唐赋》："绿叶紫裹，丹茎白蒂。"棣，弟。

4 秉，通"柄"，蒂也。

5 蝃蝀 (dì dōng)，虹。有龙蛇之象。隮 (jī)，升云。崇，终。

6 衣钵，师传思想与学问。

孑孑 [1]

孑孑干旄
在浚之郊 [2]
素丝纰之
良马四之 [3]
彼姝者子
何以畀之 [4]

孑孑干旟
在浚之都 [5]
素丝组之
良马六之
彼鬏者子 [6]
何以予之
彼姝者子
何以告之 [7]

1 见《鄘风·干旄》。

2 孑孑，特出，孤立貌。旄，杆头饰的旄尾的旗帜。浚，卫邑。

3 纰（pí），编织，在衣服旗帜上镶边。四，以四马驾车。《集传》："两服骖，凡四马以载之也。"

4 畀（bì），给予。

5 旟（yú），绘有鸟隼图案的旗帜。都，城。《集传》："下邑曰都。"

6 鬏，同"须"。

7 告（gù），告慰。

我行[1]

我 行 其 野
芃 芃 其 麦
陟 彼 阿 丘
言 采 其 蝱[2]
仁 人 君 子
无 我 有 忧
百 尔 所 思
不 有 我 方[3]
哲 子 善 怀
亦 各 有 行
许 人 尤 之
众 痴 且 狂[4]
谁 因 谁 极
控 于 大 邦[5]

1 见《鄘风·载驰》。

2 阿丘，一侧偏高的山丘。蝱（méng），忘忧草。

3 方，方略。范仲淹《乞王洙充南京讲书状》："精治人之术，蕴致君之方。"

4 尤，怪罪，责难。《毛传》："尤，过也。"众，终，既。

5 因，依靠。极，至。控，赴而告之。《毛传》："控，引也。"

大车[1]

大车槛槛
毳衣如菼[2]
岂尔思不
子畏不敢
大车吞吞
毳衣如璊[3]
岂尔思不
子畏不敢
穀则共席
则乐同穴[4]
谓予不信
有如日月
岂尔思不
子畏不敢

[1] 见《王风·大车》。

[2] 槛槛（kǎn），车行声。毳（cuì）衣，以细毛所织的衣物。菼（tǎn），初生的芦荻，青白色。

[3] 吞吞，重迟貌。璊（mén），赤色玉。

[4] 穀，生，活着。穴，墓穴。

256

有狐 [1]

有 狐 绥 绥
在 彼 淇 梁
心 之 忧 矣
之 子 无 裳 [2]

有 狐 绥 绥
在 彼 淇 厉
心 之 忧 矣
之 子 无 傍 [3]

有 狐 绥 绥
在 彼 淇 侧
心 之 忧 矣
之 子 无 章 [4]
绥 绥 者 狐
胡 不 遄 丧 [5]

1 见《卫风·有狐》。
2 绥绥（suí），缓步行走。《集传》："绥绥，独行求匹之貌。"淇梁，淇水堤堰。商，计量。
3 厉，深水可涉之处。傍，依托。
4 章，辨别
5 遄丧，速死。

257

崔崔[1]

南　山　崔　崔

雄　豹　锐　锐 [2]

鲁　道　有　荡

齐　子　由　归 [3]

既　曰　归　止

予　又　怀　止 [4]

葛　履　五　两

冠　緌　双　止 [5]

鲁　道　有　荡

齐　子　庸　止 [6]

既　曰　庸　止

予　之　从　止

既　曰　得　止

予　又　睢　止 [7]

1　见《齐风·南山》。

2　崔崔，山峻高貌。锐锐，指凌厉的气势。

3　鲁道，自齐适鲁之道。荡，平坦。《毛传》："荡，平易也。"由，从。归，嫁。

4　止，语词。怀，思念。

5　两，双。緌（ruí），冠缨。

6　庸，由。

7　睢，恣意。

体原[1]

体　原　朊　朊
髦　髶　楚　楚　[2]
爰　试　爰　煝
爰　契　我　龟
放　踵　摩　顶　[3]
捄　之　陕　陕
度　之　薨　薨
凌　之　登　登
抵　之　冯　冯　[4]
百　感　沸　兴
鼖　鼓　弗　胜　[5]
霡　道　兑　矣
钝　矣　锐　矣
维　其　喙　矣　[6]

1　见《大雅·绵》。

2　朊朊（wǔ），肥美貌。髦髶（pí ér），猛兽怒而鬛毛奋张貌。张衡《西京赋》："及其猛毅髦髶，隅目高匡。"

3　煝，粗纸揉搓以引火之用，纸媒儿。契，刻。《集传》："契所以燃火而灼龟者也。"摩，摩擦、拥捧。

4　捄（jū），聚拢泥土。度，投入、填入。陕陕、薨薨、登登、冯冯，俱为象声词。

5　鼖（gāo），大鼓，用于奏乐与役事。弗胜，指鼓声为上述声响所淹没。

6　兑，通达。喙（huì），气短促貌。

是达[1]

小国是达[2]
大国是达
率履不越
遂视既发[3]
相土烈烈
海外有截[4]
小捄大捄
小珙大珙[5]
不竞不绒
不刚不柔[6]
不震不动
不戁不竦[7]
受命溥将
自天降康

1 见《商颂·长发》。

2 是，此。达，通。

3 率，循。履，礼节仪式。遂，遍。发，行动。

4 相土，古帝名，契之孙。烈烈，威武貌。截，平服。

5 捄，通"球"，圭。珙（gǒng），璧。

6 竞，争强。绒，苛求。不刚不柔，不失之刚与柔。

7 戁（nǎn），恐惧。竦，通"悚"，惊怵。

瓜瓞[1]

绵绵瓜瓞
情之初生
生情何如
堇荼如饴[2]
企翘武敏
跂之隘巷[3]
拥之平林
实覃实讦[4]
诞实匍匐
时维处子[5]
克岐克嶷
以就口舌[6]
麻麦幪幪
瓜瓞唪唪[7]

1 见《大雅·生民》等。

2 瓞（dié），小瓜。堇（jǐn），堇葵，味苦。

3 武，足迹。敏，通"拇"，足趾。跂（qǐ），踮起脚。

4 实，是。覃，声音悠长。讦，洪亮。

5 匍匐，手足并行，小儿爬行貌。时，是。

6 克，能够。岐，举踵。嶷，仡立。就，趋向。

7 幪幪，庄稼茂盛覆盖田地。唪唪，丰硕。

国如[1]

国 如 大 车
将 之 自 尘[2]
国 有 百 忧
思 之 自 痕[3]
无 将 大 车
维 尘 冥 冥[4]
无 思 百 忧
不 出 于 颎[5]
秋 日 凄 凄
百 卉 是 腓[6]
乱 离 瘼 矣
奚 其 适 归[7]
之 思 百 忧
只 自 重 兮[8]

1 见《小雅·无将大车》等。
2 将，扶，推。
3 痕（qí），忧病。
4 冥冥，尘土飞扬貌。《集传》："冥冥，昏晦也。"
5 颎（jiǒng），忧闷。
6 腓，凋零，枯萎。
7 乱离，因祸乱而离散。瘼（mò），疾苦。奚，何。
8 重，劳累，痛苦。

十亩[1]

十亩之间
桑者闲闲
行与子旋[2]
十亩之外
桑者泄泄
行与子写[3]
坎坎伐旦
蹲蹲河干[4]
河清猗涟
不稼不穑
不狩不猎
庭有悬貆[5]
彼君子兮
必素餐兮

1　见《魏风·十亩之间》等。
2　桑者，采桑之人。闲闲，从容自得貌。《毛传》：
　　"闲闲然，男女无别往来之貌。"行，将。旋，还。
3　泄泄（yì），众多貌。写，舒畅，喜悦。
4　坎坎，代木声。蹲蹲（cún），起舞貌。
5　貆，幼貉。

263

外

篇

吾闻

至人之道
告至人才
是亦易矣
守而告之
三日外天
已外天矣
吾又守之
七日外物
已外物矣
吾又守之
九日外生
子之年长
色若孺子
吾闻道矣

见《庄子·大宗师》

君命

君　命　将　之
再　拜　而　受
廪　人　继　粟
庖　人　继　肉
不　以　君　命
尧　之　于　舜
九　男　男　之
二　女　女　焉
羊　牛　仓　廪
百　官　备　焉
养　舜　畎　亩
后　举　而　加
加　诸　上　位
是　谓　尊　贤

见《孟子·万章下》

人异

人 异 禽 兽
所 亦 几 希
庶 民 去 之
君 子 存 焉
明 明 百 物
察 察 人 伦
由 仁 义 行
匪 行 仁 义
有 不 为 也
后 有 为 也
价 人 不 失
赤 子 之 心
无 罪 杀 士
则 士 远 引

见《孟子·离娄下》

沧浪

沧　浪　清　清
朝　以　濯　缨
沧　浪　浊　浊
夕　以　濯　足
匪　自　疵　我
彼　亟　我　疵
匪　自　疾　我
彼　亟　我　疾
言　彼　不　善
如　后　患　何
虽　千　万　人
我　其　言　矣
卓　今　羿　父
格　射　逢　蒙

见《孟子·离娄》

有馈

有馈生鱼
子产使畜
校人烹之
反命而称
始之圉圉
少则洋洋
攸然而逝
子产抚掌
得其所哉
校人出言
子产何智
子产闻之
彼亦方我
我欺之矣

见《孟子·万章上》

人之

人之于身
兼所爱焉
则兼所养
方寸之肤
无不爱焉
不无养焉
善不善者
岂有他哉
体有贱贵
小大有体
以小害大
贵以贱害
小者小人
大人者大

见《孟子·告子上》

场 师

今 有 场 师
舍 其 梧 槚
养 其 樲 棘
贱 场 师 焉
养 其 一 指
失 其 肩 背
狼 疾 人 也
养 小 失 大
饮 食 之 人
人 贱 之 矣
饮 食 之 人
无 有 失 也
口 腹 岂 适
尺 寸 之 肤

见《孟子·告子上》

贵者

所欲贵者
人之同心
人人有贵
徒弗思耳
人之所贵
非良贵也
赵孟之贵
赵孟贱之
既醉以酒
既饱以德
饱乎仁义
不欲膏粱
令闻广义
不愿文绣

见《孟子·告子上》

余 师

后 而 徐 行
以 随 长 者
谓 之 弟 矣
疾 行 先 长
谓 之 不 弟
彼 徐 行 者
岂 不 能 哉
所 不 为 也
服 尧 之 服
谓 尧 之 言
行 尧 之 行
是 尧 已 矣
归 而 求 之
绰 有 余 师

见《孟子·告子下》

多术

求　则　得　之
舍　则　失　欤
求　益　于　得
亦　在　我　者
求　之　有　道
得　之　有　命
求　无　益　欤
反　身　而　诚
乐　莫　大　乎
万　物　备　我
是　谓　自　耽
教　亦　多　术
不　屑　教　诲
亦　教　诲　欤

见《孟子·尽心上》

276

观水

观　水　有　道
必　观　其　澜
流　水　为　物
不　盈　不　行
君　子　之　志
不　成　不　达
人　之　其　有
德　慧　术　知
恒　存　疢　疾
孤　尊　逆　子
其　操　峭　危
其　虑　患　深
达　达　而　达
是　谓　特　达

见《孟子·尽心上》

饥者

饥者甘食，渴者甘饮，
是方有得，饮食之正，
饥渴匪然，口腹亦饥渴，
人志有饥渴之道，及人矣，
苟饱则不为忧，
摩顶放踵玩天下，
酺饥渴者耳。

见《孟子·尽心上》

道则

道则高矢
宜若登天
改废绳墨
大匠不为
变其彀率
羿不为射
引而不发
君子跃如
中道而立
烈者从之
形色天性
惟至人可
至人践形
至色至淫

见《孟子·公孙丑上》

为关

古 之 为 关

将 以 御 暴

今 之 为 关

将 以 施 暴

不 仁 得 国

有 之 者 矣

不 仁 命 世

未 之 有 也

山 径 之 蹊

介 然 成 路

为 间 不 用

茅 塞 之 矣

言 近 指 远

多 智 言 也

见《孟子·尽心下》

280

子好

子　好　游　乎
吾　语　子　游
人　既　知　之
其　亦　嚣　嚣
人　不　知　也
自　亦　嚣　嚣
何　如　斯　可
尊　德　乐　义
穷　不　失　义
达　不　离　道
故　士　得　己
故　人　不　失
独　善　匪　独
兼　善　莫　兼

见《孟子·尽心上》

281

视弃

视弃天下
犹弃敝蹴
锐身而驰
滨海而处
终日诉然
乐而忘机
居移气兮
养移体兮
大哉居乎
匪尽子与
彼美利坚
孳孳为利
君子有术
吾素餐兮

见《孟子·尽心上》

与少

与　少　乐　乐
与　众　乐　乐
孰　乐
不　若　与　少
独　乐　乐
与　人　乐　乐
孰　乐
不　若　无　人
好　乐　甚　矣
其　庶　几　乎
今　之　乐
由　古　之　乐
民　自　溺　乐
予　何　与　焉

见《孟子·梁惠王下》

283

斧斤于木
旦旦伐之
以为美乎
日夜所息
平旦之气
与人近也
旦昼所为
有牿亡之
牿之反覆
夜气不存
气既不足
则其违矣
言为未材
岂人之情

见《孟子·告子下》

钧是

钧是人也
为大为小
其从大体
为大人焉
小体其从
为人小焉
耳目之官
不思而蔽
物物交物
引之而已
心神则思
思则得之
先立大者
小不能夺

见《孟子·告子上》

285

舞雩

点　尔　何　如
瑟　希　铿　尔
舍　瑟　而　作
对　曰　异　乎
三　子　之　撰
言　亦　何　伤
各　言　其　志
曰　暮　春　者
春　服　既　成
冠　者　五　六
童　子　六　七
浴　乎　沂　兮
风　乎　舞　雩
咏　而　以　归

见《论语·先进》

286

挟山

挟 山 超 海
语 人 不 能
是 诚 不 能
为 长 折 枝
语 人 不 能
是 不 为 也
王 之 不 王
匪 挟 山 海
王 之 不 王
折 枝 类 也
权 知 轻 重
度 知 短 长
物 然 心 甚
王 其 肯 之

见《孟子·梁惠王上》

滕问

滕问为国
轲亦有答
民之为道
恒产恒心
苟无产恒
焉有心恒
苟无恒心
放辟邪侈
无不为已
及陷乎罪
从而刑之
是罔民也
于嗟时今
彼无产者

见《孟子·滕文公上》

288

觑赞

嗟彼颜回
居于陋巷
食一簞食
饮一瓢饮
人不堪忧
颜子晏晏
不改其乐
若夫孔丘
食不厌精
脍不厌细
三月无君
皇皇如也
丘亦何辞
觑赞颜子

见《论语·雍也》等

子产

子产听政
以其乘舆
济人溱洧
孟曰惠而
不知为政
岁十一月
徒杠成焉
迌月十二
成焉舆梁
民未病涉
君子平政
行辟可人
人人而济
日不足矣

见《孟子·离娄下》

眸子

存乎人存
莫过眸子
中胸正则
眸子瞭瞭
中胸不正
眸子眊眊
观其眸子
人焉廋哉
予岂好辩
不得已也
胁肩谄笑
病于夏畦
君子之养
可知已矣

见《孟子·离娄上》

逢 渊

鱼爵淑谑油荒嚣喜艾哉者兮也兮

驱驱能及油荒亦亦之所也始之终

渊丛何胥之则嚣喜九其声孔振条

逢遇其载始少象象十得金条玉籥

见《孟子·离娄上》等

吹 呴

吹　呴　呼　啜
吐　弛　纳　贞
侠　义　随　修
令　名　俏　成
澹　然　无　笃
众　美　簇　簇
但　知　说　生
不　知　恶　死
其　出　不　通
其　入　丕　掳
翛　翛　而　进
施　施　而　退
授　受　俱　僖
恣　而　睢　之

见《庄子·大宗师》

天下

天 下 沉 浊
不 可 庄 语
卮 言 曼 衍
寓 言 为 广
不 倪 万 物
不 谴 是 非
书 虽 瑰 玮
连 狄 无 伤
辞 虽 参 差
诹 诡 可 观
其 理 不 竭
其 来 不 蜕
芒 乎 昧 乎
未 之 尽 奢

见《庄子·天下》

294

芴漠

芴漠无形
变化无常
死欤生欤
天地并欤
神明往欤
芒乎何之
忽乎何适
万物毕罗
莫足以归
谬悠之说
荒唐之言
无端之辞
矫纵不傥
不以觭见

见《庄子·天下》

295

混沌

南 海 帝 倏
北 海 帝 忽
中 帝 混 沌
倏 忽 相 遇
浑 沌 之 地
浑 沌 善 待
倏 忽 谋 报
人 皆 七 窍
视 听 食 息
此 独 无 有
尝 试 凿 之
日 凿 一 窍
七 日 而 死
倏 忽 相 觑

见《庄子·应帝王》

仰之

仰之弥僴
拊之弥坚
瞻之在前
忽焉在后
循循善诱
善覆如绸
博尔以精
欲罢不能
有耽无类
刚毅木讷
人二为仁
不竭其兴
异端贵异
端异贵逞

见《论语·子罕》

明道

明 道 若 昧
弟 道 若 退
夷 途 若 纇
上 智 若 谷
太 白 若 辱
广 德 若 亏
健 行 若 偷
质 真 若 渝
大 方 失 隅
大 器 末 成
大 音 希 声
大 象 忘 形
大 木 无 青
大 心 迷 宾

见《老子·四十一章》

298

将欲

将 欲 昂 之
必 固 臧 之
将 欲 张 之
必 固 歙 之
将 欲 裎 之
必 固 敛 之
将 欲 肆 之
必 固 礼 之
合 抱 之 木
萌 于 毫 末
九 华 之 席
一 经 一 纬
百 戏 之 子
赂 于 夤 夜

见《老子·三十六章》等

回日

回　曰　益　矣
尼　曰　何　谓
回　忘　仁　义
尼　曰　犹　未
他　日　复　见
回　益　益　矣
尼　曰　何　谓
回　忘　礼　乐
尼　回　犹　未
他　日　复　见
回　坐　忘　矣
仲　尼　蹴　然
离　形　去　知
是　谓　坐　忘

见《庄子·大宗师》

300

美名

众人熙熙
如享太牢
如春登台
我独泊兮
如婴未孩
若无所归
众人有余
我独若遗
众人察察
我独闷闷
澹兮若海
飂兮无止
独异于人
而贵美名

见《老子·二十章》

色重

礼　食　孰　重
礼　或　重　焉
色　礼　孰　重
色　亦　重　焉
方　寸　之　木
高　于　岑　楼
一　舆　之　羽
重　于　金　钩
取　色　之　重
而　比　轻　礼
奚　翅　色　重
逾　东　家　墙
搂　其　处　子
处　子　佻　喜

见《孟子·告子下》

302

其苏

始　作　俑　者
乐　其　无　后
虽　有　慧　智
不　如　乘　势
虽　有　基　镃
不　如　待　时
厥　持　其　志
无　暴　其　气
尔　徯　吾　尔
吾　徯　尔　吾
袒　裼　裸　裎
焉　能　浼　吾
徯　我　后　兮
后　来　其　苏

见《孟子·梁惠王上》等

注后记

　　《诗经演》与《诗经》,各三百篇,相隔三千年——《诗经》成于公元前十一世纪至前七世纪间,迄西周至春秋,以周公制礼作乐始,王纲解纽礼崩乐坏止,此五百年,中国文化奠其基,完成了第一番轮回。

　　钱穆先生说及春秋时代,"往往知礼的、有学问的比较在下位,而不知礼的、无学问的却高踞上层"。范文澜先生谈《诗经》,以为春秋时代的"贵族文化"达于最高点,"常为后世所想慕而敬重"。君子德风,小人德草,这"贵族文化"一词,无如说是文化的"贵族品格"更为允当。

　　《诗经》孕于其时,虽有国风出于民间的考论,相当部分乃为文人创作无疑,此可据文本所述仪式、器物及语感中得以体认,近人朱东润、李辰冬等先生有所论及。昔孟子曰:"王者之迹熄而《诗》亡,《诗》亡而后

《春秋》作。"读《诗经》文本，王者之迹历历可鉴，即便出于匹夫匹妇，经三千年的阅读和淘洗，早已尽作亦风亦雅的"君子"与"淑女"了。

木心先生曾说："三百篇中的男和女，我个个都爱，该我回去，他和她向我走来就不可爱了。"这是现代诗人的语言。二十世纪九十年代，他写成了《诗经演》。

中国诗最初的格式成熟于《诗经》：五、六、七句者有，八句一首者多；九、十、十二、十五、十六、十八句，散见各篇；十四句者《周颂·执竞》一篇；《大雅·抑》《大雅·桑柔》乃长篇，最长者《周颂·闷宫》，百二十句。

《诗经》总句数七千馀，句型以四言为主，占九成，其他为杂言。挚虞《文章流别论》："古之诗有三言、四言、五言、六言、七言、九言。古诗率以四言为体，而时有一句二句杂在四言之间。"自秦汉至宋，尝有四言之作的诗人，相继为傅毅、张衡、曹操、曹植、王粲、嵇康、阮籍、陆机、陆云、潘岳、孙绰、傅玄、陶潜、韩愈、柳宗元、苏轼等。

"四言诗三百篇在前，非相沿袭，则受彼压抑。"这是王夫之的话。王闿运曰："四言如琴，五言如笙箫，歌行七言如羌笛琵琶，繁弦杂管。"——如伯牙之有待于子期，二十世纪末有木心先生忽起四古之作，出入风雅颂之间，别立枢机，遥对古人。

顾颉刚曾列举《诗经》的四项厄运，大意是：其一，因战国诗失其乐，后人强把《诗经》乱讲到历史上去。其二，删《诗》之说起，使《诗经》与孔子发生关系，成为圣道王化的偶像。其三，汉人把三百五篇当作谏书。其四，宋人谓淫诗宜删，许多好诗险些失传。

此外，顾氏认为《诗经》另有四项幸运：其一，有了结集，不致亡失。其二，《汉书·艺文志》许多诗歌完全亡失，而《诗经》巍然仅存。其三，宋代欧、郑、朱、王辈肯求它的真相，不为传统解释所拘。其四，现代人终能无所顾忌，揭示《诗经》的全部真相与价值了。

顾氏这番议论，时在二十世纪初，着眼于《诗经》的接受与阅读，而清末民初的读书人之于《诗经》，莫不熟稔，稍有教养的人家为子女取名，多从《诗经》选取字词；以《诗经》之目、之句、之韵作成流行的谜语，也是明证。譬如：

> 四红，四红，如何说不同。（赫赫炎炎）
> 到老无封。（汉之广矣）
> 当侍东宫。（君子所依）

八十多年过去，顾氏不可能预见《诗经》将添加"第五厄运"：时下读书人之于《诗经》，普遍隔膜而生疏，遑论赏悦。经典的厄运，莫过于被忽视、被遗忘：多少作家、诗人的写作素养，无涉《诗经》，泱泱时文，罕见接引《诗经》的言句。如此，间接领受《诗经》之美的路径，几告不存。顾氏当年谈及《诗经》的种种"幸运"，即或施惠于学术研究，在现代中国文学的实践中，委实无从谈起了。

《毛诗正义·诗谱序》："诗有三训：承也，志也，持也。作者承君政之善恶，述己志而作诗，所以持人之行，使不失坠，故一名而三训也。"《诗经》而后千馀年，汉魏诗人绍其流风，多有四言诗作，雅颂之音未绝，迄唐诗出五、七、律、绝，及于宋词，中国诗的格式与节奏越来越多样，除却少数诗人偶作四言，《诗经》一脉诗路遂渐渺远。倏忽二十世纪，中国的诗歌创作何尝有人专以《诗经》古语为材料而大肆演绎情史与政怨，达三百篇之多者？木心先生以他的《诗经演》，悄然贡献了第五个"幸运"。

昆德拉以"下半时"与"上半时"作喻，划分欧陆十九世纪之后与之前的文学，意指西方二十世纪现代文学运动并非十九世纪的延展，而是上溯十六至十七世纪薄伽丘、拉伯雷、塞万提斯辈的文学路径。反观当代中国文学创作中传统汉语的普遍失落、失忆、失效，唯木心先生忽有《诗经演》，独领风骚，成为中国现代诗从汉语传统返本探源的一则孤例。

《诗经演》循《诗经》例，以四言为主，杂三五等句，皆十四行，双句循环而顿，结句偶有命题，语感节奏粗拟商籁体。一九九五年，这本诗集先由台湾出版，当时题曰《会吾中》。作者在扉页写道："诗三百，一言蔽，会吾中。"并解"会"与"中"二字：

会——合也见也适也悟也盖也预期也总计也；

中——和也心也身也伤也正也矢的也二间也。

"思无邪"原乃圣人定论，属于道德判断，仍为诗教；木心先生易为"会吾中"，则出以个人的创造性阅读与创造性书写，俨然转为审美的判断。

朱熹释"思无邪"："诗者，人心之感物而形于言之余也。心之所感有邪正，故言之所形有是非；唯圣人在上，则其所感者无不正，而其言皆足以为教。其或感之之杂，而所发不能无可择者，则上之人必思所以自反，而因有以劝惩之，是亦所以为教也。"

木心先生解"会吾中"，"吾"字未作交代，如空白，期许读者与识者的"会"与"中"——以下，试来诠释此一表述：

"会——合也见也适也悟也盖也预期也总计也"："合"与"见"，易解；"适"，偶然曰适，恰如其意曰适，视作当然曰适，嫁人曰适；"盖"，覆盖、遮蔽之意，亦作"害"解，或作传疑之词，承上而接下，其含混，近于阅读经验的不可确定性；"盖"亦读 he，同"何"，亦作户扇解；"预期"，能否实现及难以逆料之意，暗含诗人的预期，及对这预期的精微反思，兼以文体和语言的种种限度，构成"总计"——诗人的分身、化身、隐身、变形，俱在诗中，期待读者于阅读之际，相与会合。

"中——和也心也身也伤也正也矢的也二间也"："中"，在此指"命中"；"和"，意谓读者的响应；"心"与"身"，指双方的响应，属灵智的、想象的、身体的；"伤"，创之浅者，忧思、妨害、触冒，都是"伤"字固有的义项，有心则伤其心，无心则伤其身，既命中，岂无不伤乎？"正"，方直不曲曰正，矜庄曰正，命中曰正，纯一不杂曰正，以物为凭曰正；"矢的"，箭靶也，意指读者的诗心乃作者的箭靶，反之亦然；"二间"，则破除主体客体之"执"，写作与阅读，无须厘清，作者与读者，两相构成。

从《会吾中》到《诗经演》，可见作者为三百首诗的命题赋予新的认知，其关键，是一"演"字。

《诗经演》如何演？试以《肃肃》一篇解析。此诗典出《唐风·鸨羽》，原乃控诉征役之作。《诗集传》曰：

"民从征役而不得养其父母，故作此诗。"以下是木心先生的新作：

　　　　肃肃鸨羽

　　　　集于茂梓

　　　　世事靡盬

　　　　艺不得极

　　　　骐子何怙

　　　　曷其有所

　　　　肃肃鸨羽

　　　　集于茂桑

　　　　生事靡盬

　　　　为谋稻粱

　　　　骐子何尝

　　　　曷其有常

　　　　亘太平洋

　　　　在天一方

　　原诗二十一句，七句一节，三节。鸨，鸟名，似雁而大，无后趾，故不能稳栖于树端。《毛诗正义》曰："鸨鸟连蹄，性不树止，树止则为苦，故以喻君子从征役为危苦也。"梓与桑，落叶乔木，《小雅·小弁》："维桑与梓，必恭敬止。"

原诗以"王事靡盬"出以三叹，木心先生一改而变为"世事靡盬""生事靡盬"，易二字，大变。"父母何怙""父母何食""父母何尝"三句，改为"骐子何怙""骐子何尝"，青黑斑纹马是为"骐"，骐子乃谁？

原诗的"曷其有所""曷其有常"，作者保留了，但上下文意义有变；"不能艺稷黍""不能艺黍稷""不能艺稻粱"，则新诗改作"艺不得极"与"为谋稻粱"，意思很清楚：古人欲莳稷黍而不得，欲事父母而不能，盖因"王事靡盬"，"王事"改为"世事"，一字之易，古意去尽，转入现代，暗指苛政。因苛政而"艺不得极"的痛楚——即艺事不得施展、不能达于极致——全然基于现代人的价值观，其感触迥异于古人；一位诗人不但"艺不得极"，还因"生事靡盬"而不得不"为谋稻粱"，相较古人不得事亲的痛感，尤为深沉。

我们注意最后两句："亘太平洋／在天一方"。全诗至此，立意为之大变，境界全出——原诗因"鸨"不能稳栖于"梓桑"而为之三叹的"悠悠苍天"，在《肃肃》中被弃除，易为现代词语"太平洋"，适切而坦然。"亘"，谓事物之绵长，由此端穷竟彼端，一说指月升当空，人处两地（《小雅·天保》："如月之亘，如日之升"），因"太平洋"句嵌入古语终嫌突兀，置一"亘"字，既葆全四言，字面、字意、音节、意境，旋即相谐——《肃肃》因这最后两句，豁然呈示诗人不惜远隔家国的理由和气度。梁启超《太平洋遇雨》曰："一雨纵横亘二洲，浪淘天地入东流。却馀人物淘难尽，又挟风雷作远游。"

统观《肃肃》全诗，共为三节：前六句一节，无韵；后两句为第三节，中间六句为二节，两句为断，与商籁体节奏共鸣；二三两节同押 ang 韵，流利连贯。全诗计十四行，五十六字，其中三十五字为《鸨羽》原字数，新置二十一字，成为一首新的"古"诗。

读《诗经演》三百首，同样的例，密不可察，随处皆是。

《诗经演》三百首而一律十四行，除"偶合"商籁体外，曹公十四句似亦可视为其端绪：沈德潜曰"借古乐府写时事，始于曹公"。事指建安十二年曹操北征桓乌归途中，以古乐府旧题作四言古风：《观沧海》《龟虽寿》《冬十月》与《土不同》，每首均十四句。倘若留意诗人另一部诗集《伪所罗门书》，每首二十七行，对应《诗经演》十四行，两相并置，正与诗人的生年与生日暗合。

商籁体，源出普罗旺斯语 Sonet，世称十四行诗，中世纪民间短小诗歌，伴以奏乐。意大利诗人雅科波·达·连蒂尼是第一位使之格律谨严的诗人。文艺复兴期，彼特拉克写就十四行诗三百首，故意大利十四行诗又称彼特拉克体。法国诗人马罗将之移入本土，其后有拉贝、龙萨、杜倍雷等人作十四行诗。十六世纪初，萨里、华埃特介绍商籁体至英国，为莎士比亚所善用，故莎翁的十四行诗又称伊丽莎白体。德国诗人奥皮茨于十七世纪初率先书写十四行诗，此后歌德与浪漫派诗人的商籁体诗，皆有新创。一九二四年，诗人冯至出版《十四行集》，明证商籁体于二十世纪入传中国。

现在，《诗经演》三百首十四行，使中国诗与欧陆诗全般无涉的格式，婉然合一。熟悉木心先生的读者，自会从《西班牙三棵树》《我纷纷的情欲》《巴珑》《伪所罗门书》等诗集中感知作者长期秉承的"世界性"与"现代性"观念，而文艺复兴与春秋时代，原是木心先生神往的两个源头。倘若将《诗经演》戏称为"古汉语的商籁体"，则我们可以说，出于驾驭语言的才华和雄心，《诗经演》相较作者大量自由诗白话诗，尤其独异，也走得更远。

赏鉴《诗经演》，懂得词义是第一步，这一步之难，非仅通晓古汉语而能承当。《诗经》的历代注释，歧义繁多，意旨交叠，《诗经演》依据哪些注释？是否必要注释？先已两难。

词有虚实。辨实词，古称"明训诂"；解虚词，则曰"审辞气"。古字词来源广深，义项驳杂，读解《诗经演》，语言根底自是一重难关，更期待于诗学、诗意、诗史、诗论的多重涵养。

而《诗经演》的注释过程，几乎形同"解释学"的再解释，其难度，不仅在学术，更是对智力的挑衅。《毛传》《郑笺》《诗集传》《毛诗传笺通释》等历代注释，固然有助于《诗经演》词义的破解，新造字词的化变之处补入相应诗文互为映证，也不失为有效参照。然而，犹如揽词章之兰舟而无以登岸，通古语之精要而失所依傍，传统注释不断受阻，甚或迷失于《诗经演》设置的语言陷阱，不得其解——运用全套《诗经》古语写诗，当代唯木心先生，因此这份注释工作也成为无例可循的个案。

新诗三百首与旧经三百篇，通体同质同构，词句相与吞吐，被作者精心编织为同一文本。在阅读之际，但凡察觉其中一字一词的剔除、变易、置换、衔接，即要求读者随时跳离传统注释，据以新诗的上下句，自行领会。由此可鉴：作者随机嵌入而意涵深藏的古语新用——确切地说，是种种新意的古语化——乃是《诗经》的借用、反用、大用，其命意所在、旨趣所及，并非与《诗经》对接，而是《诗经》的蝉蜕与间离。郑卫之风，淫奔之语，圣人不易，方呈今日之睹。婉娈之情，肢体之舞，诗家落笔，乃成旧时之忆。今之读者既须参酌、又须扬弃《诗经》既有的种种读解，易注为释，以释入注，始得窥知《诗经演》的斑斑用心。要之，"我注六经"而非"六经注我"，才是破解《诗经演》谜面的前提。

《诗经演》的注释，牵延经年，后期始得恍然：《诗经演》的"演"，便是对《诗经》逐字逐句的"注释"——古老的《诗经》，也竟因之转成历历注释《诗经演》的学术文本——诗人依据而改篡的分明是同一句诗，换言之，他所改篡者，正是他的依据，这种不着痕迹的自反自证，岂非注释的"注释"？既启示语言，亦是语言的启示。时代与语言的递变，创作和学术的分殊，均告弥合，以至消融。作者工致而机巧的文字游戏，假语言学路径，刷新诗学，以经典的重构，而寄托对于经典的高贵敬意。《诗经》经此演化，相形陌生，《诗经演》的字面则仿佛熟悉的经典：原来新诗可以如此之古，而古诗居然如此之新。

每一汉字，原是一部文化史。可能没有一种文字像汉语这样，蕴涵如此精审而渊深的书写经验。德里达曾接引维尔曼《大学词典前言》的一段话："在永恒的东方，一种达到其完美状态的语言，会根据符合人类天性的变化之道，从内部自行发生解构和变化。"——《诗经演》的百般化变，即在出乎语言的"内部"，泛滥而知停蓄，慎严而能放胆，擒纵取剔，精酛字词，神乎其技，而竟无伤，俨然一场纵意迷失于汉字字义、字型、字音的纷繁演义，也是一部赏玩修辞与修辞之美的诗章。以近乎文字考古学的能量，《诗经演》为现代汉语实施了一场尚待深究的实验，也因此明证诗的语言何以不朽。现在，一部久经注释的《诗经》，在木心先生这里成为可注而不可释、可读而不可解的《诗经演》——本人相信，这份勉力而为的注释工作，仅仅是解析《诗经演》的起始。

春阳　于北京西山

二○○八年五月初稿

二○○九年二月二稿